U0544881

在燈暗的時候
唱歌給自己聽

蔡依玲

Whispers Behind the Scenes of Life

目次

輯二　不願繁衍的蟬

輯三　當日子輕如葉

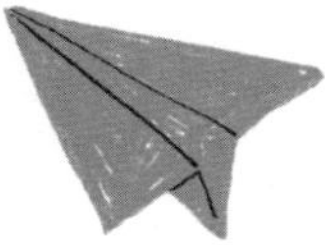

輯四　我們的意義是航行

好評如潮

依玲寫自己，有一種「困惑進行式」的語調：很多事情她也沒有答案。寫那些傷那些苦，也是淡淡地，既不自憐也不煽情，更不要你看出逞強的痕跡，剝掉裝飾和藉口，只留下最真誠的書寫。依玲寫原生家庭的裂解和遺憾，寫她的脆弱和自我懷疑，寫她從七美到高雄到台北的漂游人生，「故鄉」的概念愈來愈模糊，有形無形的歸屬感似乎都成了奢求。然而一路走來，卻也跌跌撞撞地長大了。這是怎麼回事呢？

其實，許多貌似很罩得住的大人，也只是把惶惑和心虛藏起，甚至失去了誠實面對自己的勇氣。依玲寫出了一本絕對真誠的書，而這可以是一件非常有力量的事。

——馬世芳／作家

與依玲的第一次見面，是一起光著腳在舞蹈地板翻滾的身體工作坊裡，那個偶爾皺著眉頭、專注在與自己身體溝通、耐心並且願意開放梳理當下訊息的模樣，讓我重新認識一位我本來以為已經「認識」的人，這樣的記憶直到現在都還是覺得很鮮明。這位奇女子的韌性，早在她的創作之中顯現，這次在書裡更是一覽無遺，但感受到更多的是她分享了深層柔軟的自己。經過反芻過後的文章，常常看著看著就笑出聲，同時也會無意間跟著走心、默默泛淚……看到最後想著「我似乎還沒找到勇氣像依玲一樣去書寫」，但藉著這些文字賦予的能量，某天也許我也能寫出自己的故事吧……啊，真喜歡蔡依玲！

——洪佩瑜／歌者

沿著字把我以為「都沒事了」的心敞開了，哭也是自然，為什麼需要散文呢，總是有些積存在眉頭裡的事情，從來沒被打開來。

這本書讀得很慢，停下來的時候我暫時無法回去繼續。依玲太誠實了，我藉由她面對的自己，投射到內心的正義、小奸小惡、試著再棒一點，或者更多時候，是像被捕獸夾困住而哀嚎。怎麼能輕易翻過去，當作故事過去呢？

書裡有條時間軸，從出生到長大，我們都在爸媽努力在外打拼的時代下長大，在阿嬤家時想念那個不熟悉的媽媽，我看完才想，會不會想念只是害怕的代名詞？原來散文是發出心裡無以名狀的聲音，內心的運動那麼小，激不起波濤的討論在這本書裡，有了那種近代攝影很流行的微距鏡頭拍出來的紋理，看個仔細便會很漂亮。

——劉秝婕／編輯

第一次見到依玲是二〇一九年，前公司到高雄做了一個戀愛企劃。我們年紀相仿，在綠豆湯大王喝著紅豆沙牛奶半糖，用玩笑語氣掩飾自己對愛情根本還不理解的心虛。六年過去，讀著這本書，總覺得有點神奇，原來我們在兩條平行線上經歷了那麼多幾乎相同的歷程。從左滑步靠右，從憤怒至麻木，從硬要將自己塞入一個不完全合身的方格（例如文青或新時代女性），到能夠探索與度量內心真正想要的生活樣貌。

依玲的自問貫穿了這本書——為什麼書寫？落筆時的心眼是什麼？什麼才是適合自己的性別形象？不婚不生的意志與催產素間如何抗衡？什麼是志業上的終極目標？——身為三十多歲的女性看得很能共感。謝謝依玲在這個話變少了的人生階段，仍願意細火慢燉，有點害羞卻勇往直前地寫了這本真實的書。

——陳芷儀／《大誌雜誌》營運長暨主編

序曲 Intro

一直在思考：「序到底是什麼？」

若將書比喻成一部電影，那序就是預告片。預告片的使命是勾起興趣，身負推銷責任、要讓人願意走進電影院，雖然文青世界裡有另一說法是：「預告難看的電影，正片通常好看。」

無論好不好看，當今這世道，好評與負評揉合成同一件事，只要觀影者保持行動，隨便來點什麼都好，最怕就是擲地無聲。

但我想捕捉的，並非是擲地有沒有聲，而是在擲出以前、還沒有發出聲音的時間裡發生了些什麼。

在燈暗的時候選擇唱歌給自己聽，那燈亮起之後呢？做音樂近十年，我曾苦於商業與個人表達之間的拿捏，至今對音樂圈的文化與習性也了解到一定程度，便不至於怕生。寫散文卻不一樣，像是初次走進家鄉高雄的龍虎塔，雖然知道應該從龍口進、虎口出，才能趨吉避凶，卻從沒人說反著走會如何。

無論如何得選一種做法，我習慣照著規則走，但摸黑。

出版社邀約碰面那天，我失眠到早上七點。因為太想寫，且想寫好，可問題就出在這個「好」裡面。我在下筆前，白目地上網查了要不得的問題——「如何定義好的散文？」

也問了編輯：「什麼是好的散文？」

我沒告訴她，其實我還去問了ChatGPT，它說：「文學創作不是比賽，不需要每一行文字都驚天動地。寫作最重要的是誠實地表達自己。你的書已經簽約了，這代表出版社已經認可你的作品，這比你自己的懷疑更有說服力。如果真的覺得寫得爛，那就寫下去、修下去，這本來就是所有寫作者的日常！」

我終於意識到自己的問句裡帶著撒嬌意味，還在夥伴忙於工作時問了如此出世的問題，真是不好意思。關掉那盞「該為何」的燈，埋首於寫作，在鍵盤上開天闢地，直到幾個月後，正當我在電影院座椅上看了又一部難看的預告片時，手機訊息在腿上不停震動，是編輯傳來在書展期間聽「MZ世代女性散文」的講座筆記。

謝謝雅蓁，你給了我另一個問題的答案。試圖「定義」，本身是一件懷舊的事情。

作為生於九〇年代的狠心之人，我的成長與網路同步進化，從撥接網路到ＡＩ出現、自我兩個姊姊被稱為「草莓族」的一代，到我們這群被草莓族批評沒吃過苦的「Ｙ世代」，再到逼近三十歲的「Ｚ世代」。看著這些標籤輪番上陣，想到我那看起來賺很多錢的台派舞蹈老師曾在臉書上說：「人老了就會從左派變右派。」當時不懂其中奧義，只覺得刺眼。幾年過去，如今已有人能在十五天內就拍完一部電影，我也跟上流行成了那種聽不完一張專輯、不合胃口就果斷切歌的人，不知不覺活成小時候的自己看了肯定刺眼的雙標仔。

成人是見過風險的孩子，試探過好的，才得以壞成境界；知道左的邊界，才能相對靠右傾斜。有趣的是，正因人生並非如此非黑即白，我想試著在燈光閃爍的恐懼裡找到平靜、在地獄裡找到笑料，當鏡頭掃過回憶中每個人的臉，若能找到一絲你我皆努力過的痕跡，也許就不算虛度。

因此，就算仍探索著「何謂好的散文」，假聖母如我，也想盡可能在自己的故事外，再給一點什麼。這是一本「毫無技巧，全是感情」的文學無照駕駛、人生自摔荒謬之作，或許看著另一個人發瘋輪迴，就能感知到一絲相對的輕盈，索性唱歌給自己聽。

僅以此書獻給我們所跨越的時代，
以及我的母親、兩位姊姊與姪女，
儘管你我的故事版本不盡相同。

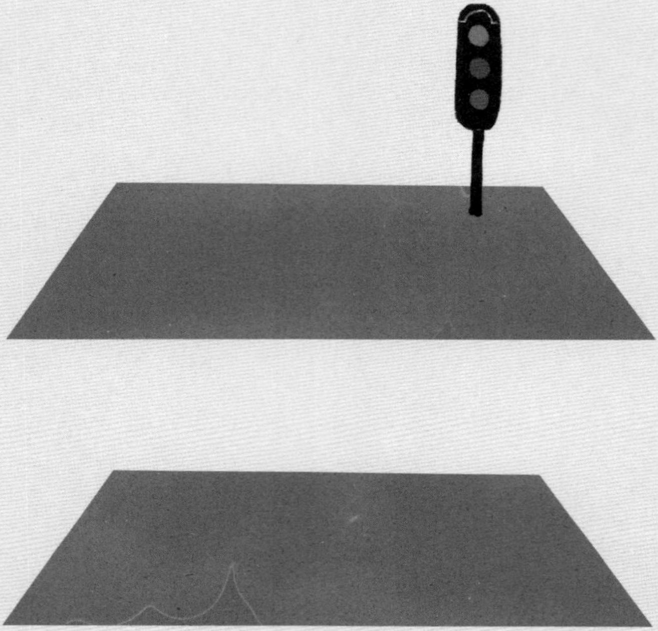

不能再魯莽地想見誰就見，
生活之重也該學著自己承擔，
長大了，
要耐心等候
每一次得以重現的時光。

◀導讀EP收聽

輯一

多停幾個紅燈

開學日

媽媽說：「想我的時候就寫下來。」

網路上有一類家庭影片，是父母會拍攝孩子第一天上學的反應，有些孩子會巴在父母身上哭喊，有些則像是斷絕關係一樣一去不回頭。YouTube被發明於我小學畢業那年，因此無從得知自己第一天上學的表情，只記得幼稚園老師常和媽媽說：「你們家依玲總是笑咪咪，打不下去。」若當時的網路像現在如此有即時性，我仍難以想像父母會有餘裕記錄、後製再發佈，且就算以我入學為主題拍攝，應該也會是一支難看的影片，因為我是個沒有情緒起伏、不哭不喊的番茄班新生。

要看些什麼爆點的話，得花點耐心等到我小學二年級那天。

那日，從第一節課開始我就無來由地想哭。一路忍耐到第二節下課打鐘，起身走往班導師的座位，還怕同學覺得奇怪，站定於老師面前才讓眼淚撲簌簌地流：「老師，我好想媽媽怎麼辦？」顧不著老師的表情了，我心急地提議：「可以打電話給媽媽嗎？」老師說已經快上課了，要我下節課休息時用公共電話打電話給母親。

打電話到早餐店喊媽媽，這個動作自我有記憶以來就做過許多遍，店裡阿姨只要聽到「我要找媽媽」的開場白，就會將話筒拿遠，喊她過來接聽。從學校打電話到店裡時常令人感到不安，並非是因為功課又忘記帶怕被罵，而是我每次都能從電話那頭，聽見店裡客人來來往往、煎台上噹啷的聲音，電話通常會被晾著一陣子，直到媽媽有空接起。我總是怕自己造成麻煩。

約莫是中午十一點多，我拿起走廊轉角處的公共電話，投入硬幣：「媽媽，你可不可以來學校找我？」忍著眼淚，深知這是個無理的請求。

媽媽真的來了，或許老師有私下和媽媽聯絡？我只記得下個畫面，是媽媽在教室外蹲著和我說話，告訴我現在距離放學沒有想像中來得長，待會吃飯睡覺後再上一點課，很快就可以再看到她。媽媽還得趕回店裡收拾，我沒有理由現在就跟她離開，情緒緩和後便回到教室繼續上課。

家裡做生意的孩子，都要提早學會和自己相處。我們常身處於大人的工作場合中，一張桌椅與畫面中忙碌的父母親，便是天與地。天地裡的時間漫長，等待接送、寫作業、玩玩具，不夠打發就在工作場域附近閒晃，忙碌時就得回到店裡幫忙送餐。於是我很早就能獨處，反倒身處在人群中會感到極其孤單，若與人聊起假設性問題，其一常見的話題就是「如果能回到人生某個時期，你會選擇什麼時間點？」凡碰到這類問題我都會答：

「一點都不想回去。」我並不願再次體驗，在課堂上想哭的感覺。

當時喜歡摺紙，那天放學後，媽媽騎機車載我到文具店買了一本色紙，並對我說：「下次想媽媽的時候，就寫在色紙上，你可以拿給老師，或是等到放學的時候再告訴我發生了什麼事。」隔天上課時，情緒果然又湧上，我從書包拿出那包色紙，思考著要寫在什麼顏色的紙上，以及要告訴媽媽些什麼。沒想到忍著忍著竟也撐到了午休，我趁空檔時在色紙寫下：「媽媽，我今天只有哭一下下。」

為什麼總是被老師形容笑咪咪的孩子，會在上學幾年後突然潰堤？曾有韓國心理師形容「女兒是吸收媽媽情緒長大的」，若是如此，媽媽也和我一樣習慣忍受孤單嗎？

我是個懂事但有點怪的孩子，曾因為廁所的臭味太重，就在門外的排水孔上廁所被老師撞見；或是用彩色筆盒作為城堡，將自己圍坐在地上聽課，卻從來沒有因為這些事被責罵，每次被老師寫聯絡簿，媽媽都會溫柔地聽我的理由。再大一點時也是如此，我在國中午休時偷看盧春如寫的《上帝的黑名單》，因書中記錄了連續殺人犯的犯罪實錄，被老師認為思想不正常，媽媽依然相信我說的話，問我希望怎麼回覆老師，她照做：「此書在探討犯罪心理學，依玲從小就喜愛心理學相關書籍，請老師不用擔心。」

除了那份溫柔，我也想起媽媽後來常和我說：「對不起，遷怒你了。」其實，長大後我並記不得任何一次關於她說的遷怒，只是感覺到她喜怒無常，抓不準臉色時我會感到挫折，好像再怎麼樣媽媽都不會快樂起來。有時會猜測，她是否被苦悶填滿到看不見我，好像只有偏離航道，我才能有機會再次得到溫柔的關注。

與其說和解，只是不願表現得像是疼痛沒有發生過，但能做的是，在有餘力的時候，都再往前走一點點。我想知道那一談再談的過去還能捏成什麼形狀，曾經父母有權限賦予孩子的能與不能，此刻我雖還未成為人母，但一談再談也生出了同理：我們都已經夠好了。

玩樂團後，偶爾會在採訪中被問及創作啟蒙，我總會回答兒時學鋼琴的經驗，或是國中時在音樂課上被老師鼓勵的種種。直到某次無意間與朋友分享色紙的故事，我發現那才是啟蒙的瞬間，創作不正是人類將無以名狀的心情，以拉長時間的方式自我按捺、延續、轉化後的表達嗎？這是孤獨送我的一份大禮。

如今我筆下的字，不只能拿給老師和媽媽看，還有歌迷、讀者願意買單。那張色紙曾被我揉成一團當垃圾丟了，但若不是那溫柔與哀愁組成的過去，或許也不會遇見此刻。彷彿色紙被重拾起，摺成紙飛機飛了出去。

搬到台北後的第一個冬天，我竟又難得浮現這種感覺。

「台北天氣好冷，好想吃你做的麻油雞喔！」走在冷風吹的街上，發出一則LINE訊息給母親。

「今天高雄也變冷了，要穿暖點，哪時回高雄煮給妳吃？下一波會更冷喔，還是我煮好給妳寄上去，有電鍋可以熱嗎？」媽媽的訊息量好大。

「你弄會不會麻煩？」我想到媽媽的手已經因為職業病，不太下廚了。

隔日便收到：「寄出了，預計明天中午到，兩種湯分六包裝，要吃再斟酌退冰。」「多照顧自己，今天我又在超商學會自己按宅配單了，想吃什麼就跟我說。」

我節制地以一則貼圖回覆，想媽媽了。

從七美通往世界

一九八〇年代末，台股飆漲，爾後迅速泡沫化，我輩父母在那樣的背景下，無一不賣力賺錢投資。母親同為「七美來的人」，一路從資源稀缺的七美島，移動到什麼都有的馬公就讀高中，最後推進到許多澎湖人落地生根的高雄小港。好不容易進入商業單位就職，雖沒有經濟能力繼續讀大學，但能每天穿著套裝搭乘公司車上下班也足夠令人嚮往。有了孩子後，若婆婆有意願幫忙帶孩子，無疑是再好不過。

我們蔡家孫子女的養成如出一轍，從強褓時期就被丟回澎湖七美給阿嬤帶，該讀幼稚園了才到高雄就學。整個家族因阿嬤而聯繫著，聽來美滿又安康。

阿嬤是個強悍的女人，有雙厚實的大腳、嗓門大、脾氣大，閒暇時喜歡小賭怡情，在管教方面特別嚴厲。她一向清晨就開始料理，實際上我並不清楚她都在做些什麼，只是往往在天色未亮時醒來，瞇著眼從房間窗戶望向灶跤*，常有寄人籬下之感。本就害怕一個人睡的我，每晚都活在恐懼中，總擔心那個雄厚的背影會在哪天清晨變成嚇人的虎姑婆。

早上的菜色不外乎是用草葉熬煮的烏尾冬魚湯，或南滬港買來的芋頭包子。兩小時後，早上十點半的午餐隨即開飯，這時的菜色通常就豐富許多，有用黑糖煮的甜麵疙瘩，也有魚湯麵線或整鍋滷肉搭配煎魚和炒菜。我常因早餐還未消化而食不下咽，阿嬤等得不耐煩時就會留我一個人在飯桌上，躺進房間看重播的八點檔。

有次我靈機一動，將碗中吃不完的食物埋到飯鍋裡，像是狗藏骨頭那樣用白飯掩埋剩食，當然是被阿嬤發現了，立即換來一頓毒打。浪費食物會被打、沒經過允許拿別人給的糖果也會被打或捏眼皮，我在眾多孫子女中被打的次數應該還不算多，卻每一次都刻進心裡。畢竟我與親生父母隔著一片海，每天靠著電話聯繫，孤苦無依的心情像極了被綁架到詐騙園區的人質，阿嬤的形象儼然成了一個嚴厲的後母。

每回被短暫接到高雄，我與母親都需花時間重新培養感情，正因為無法忽視的生分，彼此都會在碰面的這段日子盡力角色扮演。然而，也抵擋不了那些不得不的分離，每每等到好不容易生出感情時，我就會再度被接回七美，日復一日。

我能理解大人的處境，父母忙著賺錢養家中三個孩子，所以阿嬤得負起責任，可不能把孩子教壞。是直到一次在與心理師的晤談中，才被點出這段隔代且隔海的教養，原來對一個心思細膩的孩子來說，是一段太早離開

＊台語讀音為 tsàu-kha，意指廚房。

原生、變動太大的不良經驗。

不過，在島上也並非全是不好的回憶，偶有開出紅盤的時候。

暑假時，堂哥與姊姊們會一起回來，我們成天沒事就到港邊跳水、抓海參、到海邊撿小螺回家汆燙。我最喜歡玩了整個下午後的晚餐，捧著鐵碗在夕陽下吹風，晚霞將我們剛洗完澡的皮膚染橘，顏色隨著日落加深，進入靜默的靛紫色夜晚。晚飯後，大孩子還沒玩夠便提議去夜遊，在智慧型手機未出現的年代，大夥沒有網路也沒有手機照明，花了番時間討論著要如何避免在伸手不見五指的路上踩到青蛙。夜深了便把枕頭被子都拖出房間，就地在正廳前的「埕」躺著看星空入睡。

最後一次這樣過暑假是國中的事了。這十幾年來，阿嬤凡見到孫子就問要不要回去，而我遲遲沒有準備好面對那些回憶，拖到近幾年，阿嬤因漸進的失智症狀而被接到高雄照顧，她經常不記得我們幾歲、忘記名字或排行，不變的是開口閉口仍同樣問著：「要不要跟阿嬤回七美？」

三年前，朋友回到家鄉馬公辦婚禮，我藉此鼓起勇氣邀請淺堤團員順路和我回到七美尋根。懷著滿滿熱情尋找記憶中的線索，洋洋得意自己不倚賴地圖就能找到阿嬤家，一切都與我記憶中的七美相差不遠，頂多是港邊多了超商和民宿。有天，我們探索到島上有間咖啡，是位老伯伯在家門前簡易搭起的咖啡吧，聽我講起自己是七美小孩時，卻被他說了句：「你不是七美人。」

一陣無語。那些成熟後才認識的澎湖同鄉對我如此歡迎，而對七美本地人來說，我卻像是個炒短線的外地人嗎？

這趟旅程從七美到馬公，我確實才意識到：七美是離島中的偏鄉，而我一直有些誤會。世人所認識的澎湖大多等同於馬公，馬公什麼都有，有百貨、有大學、有ＫＴＶ……在這趟旅途前，我常驕傲地說自己是澎湖人，但此刻的七美打亂了我美好的鄉愁。

原來馬公人一生可以不用離開家，七美卻是想都不用想、必須離開的存在，我一口氣將兒時被丟包、一個人搭飛機的種種，攪和進泡沫化的鄉愁裡，因此持續了好一陣子的「近鄉情更怯，氣得問來人」，在心裡從此將自己與馬公人做出劃分，如同大喊出高雄與台北不一樣的抵抗。

未經驗證的土地認同，從這趟旅程後就一直像孩子換牙般搖搖欲墜。家族因七美而有深深的羈絆，那是我的根源，而高雄是我第二個家，也是開始創作後，不停對外自稱在地人的城市，可我的心思在一句「你不是」中遲遲按耐不住波瀾。

直到無意間看見某華裔歌手在訪談節目中自稱「Third Culture Kid」（第三文化小孩*）——才想起自己幾年來，因為樂團工作而到亞洲許多城市演出所見到的面孔、文化衝擊和語言，對比我兒時的七美、高雄，以及離島人所稱的「台灣」……原來我的混亂早已是某些人的日常，雖並不像他們從小身處在文化相差甚遠的國度中，但這被強行拔除、不停移動的身體經驗，也就足以讓我理解這個世界再多一些。

看見自己與世界的交集，人生的走勢圖也並非一路長紅，而是靠著一次次盤整與修正，才得以穩健成長。最後那年暑假，我在七美的海邊望見天蠍星座，是高雄的同學教會我辨認的。因為那不得不的離開，我一眼就指認出夜空中的星。

*在孩提時代於一或多個不屬於自己的原有文化中，處於有影響的一段時間，進而將不同文化特質及思想融入自己原有文化之中。

家變早餐店

回憶中的爸爸，像一場未完成的夢，模糊而跳接，那是坊間千篇一律父親缺席的故事：長年在外工作，由母親擔起照顧責任。爸爸約莫三到六個月會從深圳回家一次，他返家的第一天最令人興奮——把我扛在肩膀上跑來跑去，我會在快撞到天花板時尖叫。那是內心所能記得的幾個最快樂的片刻，另一個，是全家五口為了把握歡聚時光，會一起擠進一台計程車，從小港到市區百貨瘋狂購物。

不過，美好時光往往僅止於晚餐，一旦進入晚餐後的購物時間，便開始令人感到痛苦。我與兩個姊姊年紀相差甚遠，一個差六歲、一個差八歲，在我還乳臭未乾時，姊姊們的人生早已進入青春期，於是逛百貨的另一重點，便是讓母與姊到內衣專櫃採買足夠。爸爸就算只是待在櫃上等待妻女試這個、試那個、等買單，也樂得總算有機會享受待在女子宿舍的樂趣。我卻只覺得腳好痠，每逛百貨必鬧脾氣，母親最常出現的叨念盡是：「不要手賤！」「你可不可以不要每次都臭臉？」「可不可以有一分鐘不要講話？一分鐘就好。」

她說話緊迫盯人其來有自，在我到高雄就讀幼稚園前，家中就曾發生過一次變故，是父親因投資失利而經歷一連串滾雪球的風波。有段日子的下午，母親經常要出門辦事但不方便帶上我，只好將我一個人留在家中。她教我如何保身，首先，查看外頭是否有高大的黑衣人，若有人按門鈴說要找姓蔡的，就回：「這裡不姓蔡，他搬走了。」但這樣的演練並不真實，即便我真的碰過黑衣人，大多時候門鈴在接起後都是一片無聲。我會再次確認門與鏈條都鎖緊，隨即跑回到客廳將電視音量降低，蜷縮在空曠的客廳木椅上。小小的腦袋並不了解這一切，只感覺周遭的人似乎一直在奔走，像是站在日本澀谷街頭的中心，任由人群穿越自己。

母親在這片混亂中辭去穿套裝的工作，在公司同事的集資幫忙下，加盟開了間美芝城早餐店。而我對睡眠的恐懼並沒有停留在七美島上，反一路延燒至高雄。

早餐店開幕時，我正值幼稚園中班，每天一同與媽媽在早上四點起床，紅綠燈還閃爍著沒上工，我在機車後座半夢半醒抱著媽媽，瑟縮地貼著她背後的外套。凌晨的馬路景色，除了冷清之外，氣味還很濃厚。西元兩千年的台灣，垃圾清運剛開始機械化，尚未普及「垃圾不落地」的概念，店家們會將廚餘與垃圾集中於路邊轉角，早晨再由大型垃圾車統一進行清運。夜半的垃圾味與白天不同，空氣中的露水會像鬼魂般在街角凝結腐爛，直到太陽升起臭味才飄散。

我註定無法熟睡，距離上學還有三小時，為了補眠，媽媽會帶我到早餐店樓上未裝修的倉庫，撕開紙箱讓我躺下。側躺望出去時天色還沒亮，身邊是疊得比我還高的紙杯、醬料罐、未開封的吸管。可惜紙箱睡不出夢來，不一下子就能聽見樓下開始人來人往與煎台上鐵擊的聲音，我便知道差不多可以到樓下吃早餐，一邊等待娃娃車、一邊配著報紙與壹週刊。

兩年後父親的債務擴大，舊家被抵押，母親再次一肩扛下，她不顧阿嬤與叔叔的反對，毅然決然買下一棟早餐店附近的透天厝，她心想：「就算借錢也要買，至少以後還能留給孩子一個財產。」當時她買下的不止一棟房子，還有三個孩子直到成年的醫療險保單。

搬到新家後，逐漸能自己打理上學，可惜在匆匆買房之際，母親並沒有餘裕考慮到最小的孩子未來也會需要獨立的房間，因此一直以來都與母親同睡一房。只要她一起身我就會驚醒，醒來時，她可能正在刷牙、換衣準備出門，或有時僅能聽見摩托車發動離開的聲音，但只要醒來時她還在，我便會堅持留守在樓梯口與她說再見，到機車發動才回房間。除了想媽媽，更害怕一個人睡，空蕩蕩的房間一直是我的夢魘，被子要將兩隻腳捲起才不會被鬼魂拖下床、只要一點動靜就疑神疑鬼。每晚冒著汗奮戰，直到無意間睡著後，再被母親的來電叫醒。

母親依然奔走，帶著我算命、標會仔周轉。國中時家中再次爆發危機，姊姊正逢叛逆期，父親也從對岸打道回府，我正是在這個時期性格大變，自活潑多話變得沉默憂鬱，唯一不變的，是從來沒好好睡上一覺。

於家人間的衝突中壓縮想望，我在成熟後透過親密關係、合夥、創作與諮商去把自己撿起，三十來歲的我，還在努力逃出對人感到不安的窠臼。每當回溯童年只有滿腹委屈與怨嘆，後來因寫作而與母親確認時間軸，意外發現自己回憶中的時序錯亂，才逐漸像拼圖般一一拾起每一個「原來」，原來百貨時光在家變之後仍繼續。

日本作家上野千鶴子在《始於極限》中寫道：「能使妳充盈、教會妳認識自己的，是『愛』而非『被愛』。」我雖忘不掉與在紙箱上和醬料罐一起入眠的味道，但在由另一顆鏡頭所拍攝的版本裡，是一對父母已經用盡努力。他們用百貨時光縫合動盪，以自己的方式讓孩子留下美好回憶，一家人盡全力像做了場美夢。

我依然很懷念一家人站在SOGO百貨外等候，待整點時一起聽我最愛的世界鐘響音樂。而如今，睡眠終究是成了我一人的事。

小奸小惡

坊間有一個關於婚姻的話題，是老公下班停好車後為何不馬上回家？前陣子聽Podcast《台灣通勤第一品牌》訪問宅女小紅，她在節目上大肆抱怨，老公總是一關進廁所就半個小時不出來，眾人開玩笑討論：馬桶可能是充電座。

像這樣子既不一定違背道德也不違法，卻能讓人在氣頭上大喊：「無恥！沒品！」的事，我都稱之為小奸小惡。

朋友在Threads上持續蓋「讓人覺得這個人是好傢伙」的樓，脆友熱烈分享比如：吃飯會幫大家拿餐具的人、搶話後會回頭問「不好意思你剛剛要說什麼」的人，我暗自核對自己是否有做足網友們條列出的好人事蹟，卻也隱隱感到一股壓力：是人都會有小奸小惡吧？體面的業務員可能不愛洗澡、在外面面俱到的紳士可能會在家對老婆大小聲。

曾在某段戀愛中，伴侶對我說：「本來以為你是一個好人，但沒想到你滿無情的。」同意，我可是過了晚上十點就會人間蒸發，手機轉睡眠模式，家人以外的電話一律不接。和人聊天時還經常神遊到隔壁桌偷聽，若要蓋「小奸小惡」樓，我應該更能參與其中，但有趣的是，當心裡想著能列舉些什麼事蹟的時候，畫面中總是別人幹的好事比較多，惡人先告狀就是這麼一回事。

小時候最常發生的小奸小惡，通常由阿嬤帶頭。

「阿嬤，有一千塊！」我大聲對阿嬤喊。「噓——」阿嬤會用腳把錢踩住，撿起來收進口袋。或者夜市逛著逛著，阿嬤就會趁亂把垃圾丟進攤位底下，明目張膽把垃圾留在馬路上。

人人自有一套生存策略，我也有，比如在過去慣性劈腿的朋友即將結婚之時，不揭穿也不表示恭喜……寫到這裡，我開始對自己小奸小惡的心思感到害怕。本來只是想倒個垃圾，卻發現得動用全身的力氣，乾脆發狠將它拖在柏油路上摩擦，汁液沿路流淌，直到甩進車裡，呼——再見。惡意有其不可逆性，好可怕。

那麼，小奸小惡與真正的惡行之間的界線在哪？點餐的時候不先想好，導致隊伍越排越長是小奸小惡，那店員多找了錢卻沒退還，是惡行還是小事一樁？虛擬世界中的惡亦令人難以辨識，已讀不回是小奸小惡，不對他者的失格做表態呢？藝術中的惡更是千古難題，為了畫面，拍攝者面臨衝突時要救還是不救？

寫書之始，不曉得如何處理惡意，問了作家朋友意見：「比如家人、前男友……你會一一取得他們的同意才放入嗎？」朋友好心回應，並給我看她手機裡的閱讀筆記。

「我比較在乎會為對方帶來怎樣的後果，很常有的心情是意識到動機本身有時就帶著一種……惡，但那個惡要怎麼巧妙地表達而不至於造成太過分的傷害，滿難拿捏。」我又問。

「我之前分別去聽了一些作家講座，發現他們也很常寫現實裡的人（多少帶著惡意／報復心），但其實從來不想被當事人看到。」朋友接著分享，散文畢竟是自己的地盤，就算徵求同意也不見得會照著修改，或許去識別化是種方式，對生活中的關係比較健康。

寫作讓人意識到緣分是怎麼一回事，就算是僅有一面之緣的路人，在我的故事版本裡也有可能成為一連串故事的起因，何況是筆下的家人與朋友，誰有負於我，我就寫死你。雖然自己無意這麼做，因為能以整個篇幅來恨的人，勢必是很愛的緣故，也早做好了被這些人拿著文章質問的一刻，到時我會盡量用可愛的方式回答。美國女歌手泰勒絲將前男友們寫成歌是她的個人特色之一，但寫歌時我卻更刻意不這麼做，歌曲將被重複播放，差勁的人根本不值得一提，最好的復仇應是徹底忽視。若要為這份不坦蕩找個理由，可能出於我是把面子看得比什麼都重要的上升獅子座，要一頭獅子承認有人傷了自己的心，肯定是那人夠格。

喜愛的日本樂團FISHMANS，身為主唱也是靈魂人物的佐藤伸治在多年前離世，近日，鼓手帶著全新編制在日本巡演。看到有網友摘錄前幾日鼓手在東京場次上的說話內容：「天堂的夕陽是什麼顏色呢？這邊的夕陽跟往常一樣無聊呀……」就像是在對佐藤說話。我雖想親耳聽見那些歌，卻不知為何心頭上有股念頭糾結著。

「像這樣的演出，他說那些話是發自內心的嗎？還是因為必須得說呢？」我自忖。人那麼容易遺忘，過世二十幾年了，真的每次都想要說出這樣的話嗎？但不說也不行。我好害怕那只是道義上，不得不表演出來的懷念。

就算我說在作品中無意傷害誰也難逃其罪，再更潔癖一些，對於被傷害到的人來說，或許當初廚餘就不該被包進一般垃圾裡，根本連起頭都不應該發生。只是我怯懦，有些人與話就算能繞過，也無法憋著不描繪關於它的邊邊角角，想讓所有人與事多少和自己有關，我好厭惡人總是太輕易遺忘。因為遺忘，吉光片羽的美好就容易被回憶扭曲成細刺，到時得再用更大的故事篇幅拔除。

阿嬤已經叫不出我的名字許久，每次過年叔叔們都說這可能是最後一次。關於那被踩住的一千塊或是亂丟的垃圾，都只能建構出阿嬤的邊角，我恨自己當時太小，故事的全貌早已模糊不清。

我的小奸小惡，是提起了卻又不把話說完。

再見，行李箱與咖啡店時光

行李箱在出發前就壞了。

匆匆從日本回台，總是這樣，來不及咀嚼旅途的箇中滋味，馬上就被塞入下一件棘手的待辦事項裡。前幾日，康芮颱風席捲北台灣，但此刻台北的細雨顯然與颱風無關。騎摩托車載著行李箱搖搖晃晃，開門後的景象更令人沮喪——無人迎接，從高雄運上的雜物堆積如山。

它們是逃亡中的散落物，最好此生不復相見，繼續裝作這座城市與我無關，不想面對。

待辦事項一、洗衣

如果現在不硬著頭皮洗衣，明日的行程就沒衣服穿，但陽台在颱風過後一片狼籍，還得先清理暴露在外的洗衣機才行。

待辦事項二、地板

掃地、洗澡順便在浴室刷地，我明白自己，若地板不乾淨便容易心浮氣躁，那神經質的樣子像極了母親。

待辦事項三、曬衣然後失去控制

衣服洗好，「鈴——鈴——」門鈴突然急躁狂響，接起對講機後是位先生不耐煩喊：「不是跟你說要抄水表嗎？」令人一頭霧水，幾經你來我往後才恢復平靜，趕緊曬衣。

本預想著回台後要盡快補上寫書進度，直到能坐下喘息時，心頭湧上一陣委屈，剛剛匆忙中被莫名責備一陣，我也累得好想像那位先生一樣找個人來罵。轉頭看見身旁那只倒地不起的行李箱，自我進門後就沒再關注過它，想起它將近十年來所帶上的，關於我的一切，情緒潰堤。

那只行李箱，是七年前在高雄的公寓裡購入的。第一次買，並非輕鬆挑完尺寸就下單，先是在網路上比價，用捲尺衡量著如何將功能最大化，既可以塞下效果器盤，還要能剛好放上我的摩托車腳踏空間，如此一來，若要移動也不需叫計程車。啟用後，除了發現輪子上防止移動的卡榫偶爾不靈光外，算是買到了一個實惠耐用的物件，還記得當時與前鼓手一起去新加坡表演時，他還問：「這行李箱看起來好高級，貴嗎？」

不過，行李箱老是裝著過重的效果器盤，把手曾被壓壞導致無法上下拉動，我找了南高雄一間行李箱維修行探尋解方。有解，只是老闆有著愛數落客人的性格：「買這種便宜貨沒什麼好修的，（零件）到處換下來都要比箱子貴了，我是建議你買個好一點的啦！你自己想想看。」我不假思索回應：「那我要換拉桿，謝謝。」面對像這樣的建議，總是不說第二句話，或許一時之間看起來短視固執，其實是因為貧窮和酸楚，要靠執念才走得下去。

那間維修行很靠近朋友開的咖啡店——灰咖啡，經常在「灰」鬼混到深夜，是在更早之前的事。大學畢業前夕，有些人忙著畢業製作、有些同學從本來打工的地方開始轉為正職，我則默默寫了一首名為〈怪手〉的歌還未發表，如同許多畢業生一樣對未來感到迷惘。隔年，我創立了「蔡依玲樂隊」，灰咖啡的老闆PHM也正準備從台北搬回高雄轉換人生跑道，另一群高師大附中畢業後就在台北鬼混的人，正逢畢業與兵役也紛紛回鄉找事做，時間將人們兜在一起，我在那段時光認識了人生中一群重要的朋友，灰咖啡成了據點。

「灰」開幕的頭一年，我一邊玩樂團一邊打工，租房於高雄青年路附近的四樓公寓，公寓悶熱至極但收費便宜。由於室友經常帶著一群同事回家小聚，我為了逃避人際往來的繁雜，且趁著灰咖啡剛開幕的興頭上，天天到「灰」報到。它營業到深夜一點半，我與團員以及高師大附中那群朋友，總愛在那個彷彿沙龍一樣的地方開會、喝酒、喝咖啡、聊電影、解人生困惑。

當然，也在那裡經歷了最困頓的時期，為了有彈性的時間能安排練團、表演，靠著打工，月收入約莫不到兩萬塊，還得一邊償還每月五千元的就學貸款，我的二十幾歲，幾乎都在平均每天只能花兩百元的日子中度過。對比另一群高中好友們，各個都已在銀行、保險業邁向穩定，我顯然追夢追得不切實際，於是當時幾乎不參與任何同學聚會。弔詭的是，我在白天寧可吃便宜的便當節省開銷，晚上卻會毫不吝嗇地跑去灰咖啡，把錢花在酒水上，只為求得一點精神上的補償。

苦悶只在深夜消散，太陽升起了，該還的依然得還。儘管當時樂團知名度稍有起色，偶有多餘的收入能填補缺口，卻也容易碰上接連的機車保養、樂器維修等意外支出，每個月入不敷出，更不用說存款。我曾走投無路，在灰咖啡店裡向另一位熟客借五百元，只為熬過領薪水前的最後一週。至於為什麼不和熟悉的朋友借呢？不知道，面對陌生人總是比較容易開口。

動物不一定遷徙，但人似乎永遠都有下個地方要去。相互寄託的時光過去，有人兵役結束就前往台北找工作，我則繼續玩樂團、還學貸，好事是與灰咖啡的店員朋友QQ、曉緹，相約一同展開新的人生，找到一處位於文化中心附近的五樓公寓。或許真的像人說的「福地福人居」，搬進那棟公寓後，便迎來樂團的第一個海外演出，行李箱因此下訂。QQ後來投入籌備一間自己的咖啡店、曉緹則結束了不適合的緣分與事業，結婚買房了。而我也在二〇二二年辭去工作，與團員成立公司，咬著牙在三十歲時付清最後一筆就學貸款。

想到這些，情緒就很難不激動，它裝載了過分努力，更為我帶來堆積如山的未解題與幸運。斷捨離迅速如我，竟也會對一只無生命的行李箱感到不捨。

後來，QQ的咖啡店「一盞」終於開幕，他說取名一盞是因為每次回到公寓時，客廳永遠都會留一盞燈給回家的人。而如今的灰與一盞，都已是高朋滿座的名店，但我仍時常回想起那幾年，自問與感嘆我們曾注入的熱血是否變形？曾烙下的狠話，是否還拿得出同樣一份無懼的態度？除了完成社會角色所賦予的任務，當嘴角的紋理提起，是否依然來自一顆無悔而快樂的心？

朋友們有人買房、成家、轉行，我則尚未退掉那間沒有電梯的五樓公寓直到現在，行李箱一階一階陪我走了快十年，它的傷痕和我一樣坑坑疤疤。它用盡頭提醒我，智慧也該有所長進，就算貼滿標籤、貼過風光和窮忙，那也都是過去的事情。不能再魯莽地想見誰就見，生活之重也該學著自己承擔，長大了，要耐心等候每一次得以重現的時光。

一輩子都不會忘的技能

為了準備年度的專場演出，這個暑假我比平時還更積極運動。每當一陣子未進泳池，就必須重新花些時間適應，只要走進並聞到熟悉的消毒水味，我都會想起那一刻。

小學二年級的暑假，我被送去岡山的姨丈家學游泳，姨丈是軍人退伍兼紅十字會的游泳教練。或許因為家族是澎湖出身，我媽堅信游泳是學了就一輩子也不會忘記的技能，而確實，姑丈和阿嬤都能憑一只蛙鏡游到很遠的地方，一上岸就抱著一大籃海膽和小螺。

第一堂游泳課，姨丈把我帶入他的班級，在淺池裡的初次震撼教育，就是得先自己想辦法從這游到對岸。當其他哥哥、姊姊們早已去長泳道進行個人功課時，我便是在這段期間，被丟進踩不到地的成人泳道裡，第一次經歷深不見底的恐懼，不停吃水、掙扎、大哭，一心只想抓住任何可依靠的形體，把姨丈的背都抓花了。

就這樣在岡山待了兩個月。慣例行程是每日早上五點起床，將衣服套在泳衣外後，便和表哥、表姊一同出門上課，並在九點離開泳池和姨丈到省岡農的警衛室值班、上救生講習課。與男人獨處對我來說並不熟悉，我幾乎不曾和男性家人有親密的身體互動，何況是阿姨的丈夫，就算與表姊一起在家中，也總是聽到姨丈的聲音就害怕。我一直是防備著的，但怎麼樣都想不到，人生第一次感覺到被不當觸摸，竟是來自另一個不認識的教練。一次救生講習中，一個黝黑、肚子大大的男人，在泳池邊假借教學之姿，單手在我身上有多餘的游移。

每天比照運動員模式的訓練實在太苦，我曾在某次大姨來岡山拜訪時，求她能不能開車載我回小港，未料逃回家後卻導致了另一場戰爭。姨丈打電話來喝斥說孩子沒有家教，那也是我人生唯一一次被媽媽拿棍子打，她邊打邊說：「你知道小孩被罵沒家教，對一個家長來說有多羞辱嗎？」直到幾天後風波過去，媽媽才又將我送回岡山，我只好將期待歸零，任由痛苦發生。

孩子的適應力強，就算再不甘願，也能在每日的操練下逐漸純熟，任何心裡的彆扭亦說服自己接受。暑假過去一半，當自由式、仰式、蛙式都已陸續學成，決定主動要求想學帥氣的蝶式，卻被姨丈拒絕：「我教哥哥就好了，女生不用會這麼多。」我也沒就此作罷，表哥、表姊報名參加比賽時，便提議希望自己也能試試看，好不容易熬過來，總想秤秤現在的能力究竟幾兩重。我與表哥、表姊、姨丈四人，在烈日中的省岡農游泳池，用曬衣竹竿練習跳水起手式，雖然第一次面對五十公尺的泳道總是氣喘吁吁，但一起為了比賽而準備，卻讓我感覺心潮澎湃。

比賽那天，我緊張到不記得自己是否有從跳台上一躍而下，只是全身肌肉僵硬、奮力狂游。五十公尺對我來說依然太長，中途察覺自己游得慢也絕不可能停下，硬著頭皮撐到盡頭。起身後發現，全場的大人竟都在笑，原來是被報名進成人組裡頭了，那刻的羞恥感比身上的泳衣還暴露無遺。

姨丈的形象雖幽默風趣，卻也有其黑暗面，時有耳聞他有情緒暴力的問題，我高度的防備心也來自於此。幾年後，他受洗成為基督教徒，可惜跟上不好的牧師，聽說當時姨丈想把家中佛像全扔掉，阿姨不堪其擾便舉家搬到小港，留姨丈一個人在岡山居住。寧靜了一陣子，直到二〇〇九年，政府為因應金融海嘯所帶來的經濟緊縮，在年節前發放每人三千六百元的消費券。姨丈在那期間也換了另一位牧師，在牧師建議下，他留著自己尚未使用的一份消費券，到小港對家人釋出善意求見。誰也沒料到，曙光脫離黑夜花費了大把力氣，命運卻早有安排，隔日，姨丈突然在泳池旁倒地不起。

我的身體記憶仍殘留著那個暑假的消毒水，在猝不及防的換氣裡學會前行，有些經驗依然留在體內，不隨時間蒸發。在那個小二的暑假，一輩子都不會忘的，可不只游泳一件事情。

我們不是捷安特

一則網路文案這樣寫著：「六百公尺在台北是人們可接受的捷運站步行距離。」

在台北找房，自知標準要降低，只要能挑到與在高雄租屋時，生活品質相當的條件就行。預算之內，有基本裝潢、獨立衛浴和曬衣空間，最重要的是要有對外窗。找房期間，我與住過台北的朋友們討論攻略，屏東人說他當初塞了紅包給房東才租到，高雄人說：「你其實比你想像得還能走。」原則不一，但所有人都相勸標準可以再低，顯然我這菜鳥的下限並不存在於人間。

幾個月後，逢人就被問起：「還習慣嗎？有沒有什麼差別？」其實，近年來因為工作，早就花了大半時間待在盆地，差別僅是從借住工作室轉移至另個穩定的私人空間，除此之外，生活型態沒有太大不同。

反倒於初期，在返回小港老家的路上不太能適應。因代步工具運上了台北，要回家就得先利用共享機車或腳踏車抵達捷運站，再轉換一次腳踏車才到得了。我因此有機會在轉換交通工具之間，重回那個強烈感受到「有與沒有」的兒時過往，見證自己是如何像等高線地形圖那樣由外而內，從小港工業區移動進台北盆地。

一直記得自己學會騎腳踏車的瞬間，那是我在等高線上的起點。

四樓公寓，二十米：我一早就被寄放到舅媽家，那是個不准孩子看電視的地方。明白等候媽媽接回的時間需要整整一天，於是我給了自己一個今日目標：學會騎腳踏車。真的沒什麼祕訣，拿掉單個輔助輪，再搭配真正意義上沒有朋友、電視和網路的那種無聊，瘋狂地騎上一天就能學會。等到媽媽來接我時，就已經能秀上一手，或許現代人也很需要這類實質意義上的無聊吧。

火箭筒上，一米：小學時，家長們流行送孩子到某連鎖補習班補習，因收費不便宜，我所碰到的同學們家境幾乎比我們家都優渥。當時，班上有群穿著滑板褲的男同學，會將改裝華麗的捷安特停放在補習班門口，他們將座椅調高、裝上螢光色火箭筒雙載，看起來就像少男團體。他們的耍酷裡有一份讓人內心嚮往的東西，於是，我也和媽媽提議要自己騎腳踏車去補習。

家中正好有台腳踏車，但不是捷安特，我便請媽媽帶我去文具百貨買了罐噴漆，將整台腳踏車噴成銀色並裝上火箭筒。可惜我太容易心虛，再多的妝點也仍然說服不了自己那是名牌腳踏車，卻又不好向媽媽解釋，從此過後，我會提早十分鐘到補習班附近，將腳踏車停在遠處某間打烊的店家門口，再徒步過去。

地下三米：等到自己年紀夠大後，因小學四年級是加入學校民俗舞蹈隊的最低門檻年齡，我便照著計畫順利通過了徵選。

每天早上第一節課和下午都要到地下室練習，若遇上運動會和校外比賽，有時連午休都還得苦練，我喜歡苦練，那會讓我感覺自己又離夢想近一些。當時舞蹈隊偶有外師入校指導，同期有位隔壁班同學，時不時就會帶踢踏舞鞋到學校炫耀，說她放學後還要趕著去外師在市區開的舞蹈藝術中心學踢踏舞，讓我嫉妒得要命。後來，竟也被我等到天降的機會，藝術中心的老師為回饋鄉里，到小港區的社教館開課，且不止踢踏舞一門，同日下個時段還有爵士舞，感覺更符合我的喜好。成功說服媽媽後，每週六早上九點，我就騎著腳踏車、拎著漂亮的踢踏舞鞋到社教館上課。

直到小六畢業前夕，那位愛炫耀的同學，說準備要去考市區的國中舞蹈班，我才知道，原來世界上有一種選項，叫作「人可以為了理想而離開居住的地方」。媽媽聽聞我的心願，由於當時家中變故多，每天為了經濟狀況焦頭爛額，更不願意孩子未來的路走窄了，便強硬拒絕。我這個小小舞者，僅能勉強在每週六舞動，只是流再多汗也是徒勞，某種程度上舞者和運動員一樣，過了就沒了。從此與科班兵分兩路，我知道未來充其量只能說自己是愛跳舞的人，而不會成為一名舞者。

機車上，一米：上國中後，懷有跳舞夢的二姊和我一樣沒有停止幻想，她提議要一起到市區的芭蕾教室學舞。一個月三千五百元，加上舞衣、舞鞋所費不貲，媽媽當時是心軟了，總是這樣，臭著臉給我們想要的。她每週六趕在早餐店下班後，就騎機車載著我們姊妹倆從小港到市區的教室上課，但每次只要學費袋發下來，媽媽就表情一沉。後來，家中變故加劇，加上二姊節外生枝的叛逆行徑讓媽媽幾乎崩潰，這次換媽媽央求我：「可不可以不要再跳了？」

故事得要有魔王來終結，當時其中一個要好的舞蹈隊同學叫宜庭，宜庭媽媽聽聞我不以跳舞升學後，便問我們能不能將剩下的舞衣、舞鞋都給她，因為宜庭準備報考左營高中舞蹈班。那晚，媽媽騎機車載著我到宜庭家，不曉得為何我們都答應了。記得媽媽曾說過宜庭母親很現實等耳語，而我明明也不想給，卻還是去了。

人生真像一場戲，後來我同樣考進了左營高中，只是並非舞蹈班。或許，媽媽和我都想一起去親眼見證：我們不是捷安特。不能跳舞後，我花了所有力氣另闢人生的新局面，加入社團學吉他、打工為自己累積「文化且誓言不再回頭。

資本」。雖本質上不是捷安特，至少也有能力耍點酷，將自己重新拼裝，

遠到台北長住後，媽媽變得積極與我聯繫。冬天進家門若我說不冷，她便會向姊姊們笑說：「那是習慣台北的天氣了，還說好熱？」搬到台北的差別，是人們都覺得你變了。

這回家人聚餐，適逢大姊剛在高雄市區交屋，媽擅自替我發言，提議聚餐結束就讓大姊順便載我回市區吧。她的如意算盤是希望姊妹要多往來，若未來她不在了，手足就是世界上最能互相扶持的家人。見母姊感情似乎因大姊離家而變得更融洽，對於我的關心也有別於以往熱切，美好時光像是遲來的結晶，只要我願意全心參與，幸福便俯拾即是。

然而，心中那名為「這算什麼嘛」的警鈴大響，越美好就越是震耳欲聾，更顯得只剩下自己還活在因家變而失落的過去。「我自己騎腳踏車去捷運站就好。」用餐結束，我放下媽媽為我準備的安全帽。她一陣錯愕，問了好幾次這偏僻地方哪裡有車能騎。

那晚騎了三公里才到捷運站，我感覺壞透了，需要被修理。

灰姑娘的灰

我們家從來沒有車。

西元二〇〇〇年政黨輪替，陳水扁於當選後，喊出「港市合一、南北平衡」的口號，雙十煙火首次有理由離開台北，移師高雄舉辦。據說，早期高雄港邊的一大片廢棄倉庫群，也就是現在觀光客都會去逛的駁二藝術特區，是當年在找煙火施放地點時發現的。

那年高雄人為了難得的煙火絞盡腦汁，只為找到城市中一處觀賞煙火的最佳角落。至於我們家，因大姨丈在復興路上的自來水公司上班，讓我們到他公司頂樓去，媽媽便帶著我們三姊妹，去看那史上第一次在高雄施放的雙十煙火。一行人像變身的灰姑娘有機會參與盛會，老鼠成了僕人、南瓜成了馬車，十二點前的一切都很美好。煙火絢麗與否我已然忘卻，只記得那日天氣悶熱，周遭陰暗，頂樓的圍牆高得讓人得頻頻起腳尖，往上蹬就能看見擠滿了人與車的中山路。

家裡從來沒有車，在還未有捷運的年代，每回要到高雄市區都是全家擠一台計程車，其實平時湊合著搭都還行，但有時，突然就有那麼一刻，覺得自己再也撐不下去。煙火施放結束已約莫晚上十點多，我們忘記南瓜馬車就快要變回原形，一起在路上攔車，只是那晚盛大得彷彿跨年晚會，路上計程車滿載、收起空車燈，就算攔到了車，也沒有一台車願意超載我們四人。徒步走在中山路上，一路往小港方向，在擠得水泄不通、動彈不得的車陣中，媽媽開始一台一台敲計程車的門，試探能不能與車上的乘客分批共乘。

眼看快要十二點，隔天還要上學，我越來越害怕，媽媽好像正在考慮走路回家，此刻我們已經步行了兩個捷運站的距離。到五甲了，就這麼走回小港或許是個選項，但我累得不行，印象中問了媽媽一句：「為什麼我們家沒有車？」顧著急躁，也沒記得她如何回應。夜已深，再往前走就得穿過機車地下道，在眼前十字路口的紅燈等候期間決定最後一試，沒想到有位司機回應了，他搖下車窗，似乎有點心軟：「要問他們，他們願意的話就可以。」他指著後座身體緊靠的一對情侶。

但他們還是說了：「不方便。」十二點到，馬車消失，身邊只剩下老鼠逃竄，我感覺那段紅燈亮了整晚。

我的頑強自尊因乞憐而生，像當初那些緊閉的車窗，只要稍微有點縫隙，可能就會被強風吸出窗外，蒸發於無形。或許是從那一刻開始吧，提出自己的需求時，經常伴隨一股羞恥感，因為再也不想吃苦了，往後只要不承認自己有被幫助的需要，至少就不用再面對別人的「不方便」。有時當然也會想，關於兒時經驗與記憶，我是否能以更正面的態度回應，不要再想著翻轉，像灰姑娘被動地接受悲情俗濫，閉上眼等待王子吧。當隻快樂的豬可能好過痛苦的蘇格拉底。

後來，媽媽很不好意思地打給大姨，問她能否來載我們一程。落難的灰姑娘在車上沉沉地睡著，車上安靜得什麼都不該再要求了。

曾聽朋友形容自己的父親，說有次因為想吃永和豆漿，父親便開車帶著全家，一口氣從高雄開到台北，只為吃美食。我聽了很是羨慕，那是自己不曾體驗過的餘裕，不過，就算他人的童話顯得光明，人只要描述起過去，語氣裡也往往帶了點抹不去的灰，畢竟兒時回憶這種事情，跟煙火一樣稍縱即逝。

我的茫然是細心燜燉的一鍋湯，
慢慢將自己煮熟。

◀導讀EP收聽

輯二

不願繁衍的蟬

女文青的逃亡

「我一生在追求的，只是『能不能考慮一下我的感受』而已，不過成人還有這個心情好像太奢侈了。」臉書動態回顧，跑出一則這樣的貼文。

目前為止的人生，花了大半時間在找室友、徵二手冰箱、賣書……像這樣的事情縱使做過千百回，我也從沒打心底接受過，每次都是呼天搶地，自覺太擾人後再若無其事站起。

人生第一次自願搬家，是大一從家中搬進宿舍。母親總認為我這么女做事魯莽、不經世故，加上前面有兩位姊姊當開路先鋒，從小她一心就怕女兒們搞出未婚懷孕的名堂，無奈時間攔不住第三隻翅膀硬了的鳥，即將要飛。開學那天，媽媽打了不只一通電話來確認我是否乖乖待在宿舍，但在一個朋友也不認識的情況下，當然是外出找要好的高中同學去了。

「你人在外面嗎？去蕭梃偉家幹麼？」媽媽在電話裡激動著。

「沒幹麼，吃晚餐。」我說。她到現在都不知道，我不喜歡一點小事就要打電話。

「不要那麼晚待在男生家，很危險！」她遙控著。

「他是gay！是能怎樣？」我總是這樣和她槓上。

後來，搬出宿舍與人同居，每學期藉由搬家來探索學區是一大樂趣，像是狗狗以變換排尿點來劃出領地。直到出社會，同住的室友們不是回家鄉就是到台北去，只有我沒有被時間改變，伴侶沒換、打工依舊，在高雄這座城市一陣茫然。不過，靠著不變也能存活，我一直洋洋得意的事之一，是人生中從沒請過搬家公司，通通以一台機車搞定所有遷徙。從家具店買的衣櫃、層架，再到後來一台棺材般體積的八十八鍵電子琴，全是自己載運、扛上樓。

搬家次數多了，也隨之長出一種「隨時都可以放棄」的狀態。不買書、不買裝飾品，屋子裡的物品總是一箱一箱的，即使需要拿些位於深處的零件，也是取得所要物品後再把所有元件依序放回。心血來潮就把用不到的東西賣了、扔了，好時時刻刻準備逃亡、被住所提分手，如此一來，事發時便可以兩袖清風，不那麼天崩地裂。

或許是從小受《敗犬女王》、《我可能不會愛你》等偶像劇荼毒，若非如此，文藝女青年仍終究會在人生某處轉角撞見張愛玲與三毛。就算真沒啃過她們幾本書，千古流傳的金句亦能被奉為圭臬，當作明燈指引。以行動展演逃避依戀、說著「我也沒那麼需要你」，社會所刻畫出的獨立新女性樣貌總令人惶恐不安，大概是人們對於自我性別角色該如何討喜地活也一知半解。至少，徜徉在撞見什麼是什麼的情壞中，對變動的不安能暫時有所依歸。

不曉得從什麼時候開始，連與人相遇都是以此為前提在相待，不提結婚、不談永遠、很難深交，直到某次被友人提醒了句：「何必，生活是自己的。」

文青的瀟灑一碰就碎，曾放話不婚不生的我，竟也開始被催產素催眠，見了小孩就覺得可愛，於是幾年前與伴侶決定一同探索結婚的可能性。他從距離我車程不到半小時的原生家庭搬出，彼此生活習慣大不相同，我購物優柔寡斷，他則往往見了喜歡就買；我在意居家用品要簡單且品味一致，他卻特別眷戀台式古早風格的生活百貨，說這樣才有家的味道。不過就算奔跑的樣子如兩人三腳一顛一跛，對於共同的未來有新的想像，仍為彼此的關係帶來一份望梅止渴的戀愛感。

我們開始參與彼此的家庭聚會，試著用幸福的觸角，將更多人攬進一個以我們為中心的圈。只是路的盡頭在文藝女青年看來，終究是個黑點，壓抑著不安看向長長的遠方，神經質作祟：「到對方家中要洗碗嗎？以後過年要在哪裡吃年夜飯？一定要辦喜宴嗎？」我與朋友談、與媽媽談、與伴侶談，以探聽為名，實則想要一個答案：不管怎麼做，你們都會愛我嗎？

搬家是假議題，那些順勢被翻攪出的陳年記憶，才是真正讓人打噴嚏的過敏源。

高中時，聽《我可能不會愛你》的程又青說：「我不要那種除了我愛你、請給我一杯水之外，就無話可說的人陪我走一輩子。」我其實從沒見過至死不渝的愛情，只曉得自己立志不要成為像父母那樣的怨偶。

父親曾在房間內對我說：「你媽媽根本不愛我。」我本在鏡子前綁頭髮感覺自己漂亮，突然像極了受驚擾的小狗，本能地衝下樓問：「媽媽，你是不是不愛爸爸？」母姊們聽了都笑了，但我是認真的，不愛彼此為何要結婚？媽媽只是淡淡地說了句：「已經昇華成家人了。」

長大後才明白，父母的愛情、家中的變動、一切去留與否都不是我造成的，緣分也由不得我是誰的結晶就算。

回過神，兩人三腳停了下來，彼此被綁著的那一側隱隱作痛。我們在變動過後代償，只為世界上就要有那麼一個物理上的具體存在，來證明自己多少有點左右情勢的價值。心理學上可能這樣說——情緒配偶，我們綁著的並不是平行線上的伴侶，而是彼此的父母。潛意識所寫的劇本如此捉弄人，它將兩個個體互相靠近感覺命中注定，說出句句身不由己的台詞，直到劇本浮上台面成為因果。

那天下午，我們將腳上的繩子解開，止不住疼痛地流淚，抱著彼此和過去道別。

徵室友，2房1廳2衛1陽台，生活機能佳。

第二眼美女的戀愛

曾有位男性前輩，在眾人注視下將我評論為第二眼美女，並補充說明：雖不吸睛但耐看。

小時候在班上，我確實不是最漂亮的那一群人。牙齒咬合不正，也就是俗稱的戽斗，且眉毛淡、單眼皮、嘴唇厚……幸好有根細挺的鼻子，像一座山將各個不及格的五官聚攏，鼻子漂亮到阿嬤老說我長得不像一家人。

我想方設法與美女們成為朋友，在班上成為另一種奪目的存在，用體育、才藝、語不驚人死不休的話語取得關注。再不行，至少要和最帥、最會運動的人在一起。誰不是暗地裡仍然想被以美女之稱讚許？若附著上了與美女意義相關的人事物，便等同於我也不差。

小學五年級我就交了男朋友，認真的。他名叫鮪魚，參加田徑隊、瘦瘦高高的，有著一張戴眼鏡也藏不住的白嫩臉龐。忘記是怎麼在一起，這樣明白地說，或許自大到會引人撻伐，不過從很小的時候我就知道，自己有著並非光靠外表就能吸引喜歡的人靠近的能力。大人愛提起孩子們的小事之一，就是依玲只要上了幼稚園娃娃車，每天就會摟著不同男同學，並打開車窗向媽媽早餐店的阿姨們介紹：「這是我今天的男朋友。」

鮪魚是天蠍座，家庭環境較為複雜，我也從沒過問，只一心想著要如何與他拉近距離。週末我常假借到學校打球的名義，要父母載我去不在學區內的學校球場，有時也會邀彼此最好的朋友加入，無論戀愛或同學相聚，我都急於了解與愛有關的行為語言，只為探索作為一個女孩在家庭之外的意義，盡可能地創造機會來延續心動的感覺。

親吻那天，只有我們倆相約，我期待他能再主動一些，但他看我的眼神總是溫柔且委婉，這讓人很受不了，因為當時流行的男孩氣質可要有點霸氣。牽著小手到走廊陰暗處，嘴唇互碰了一下，然後離開。嗯？原來只是這樣？帶著空虛與撲通跳動的心臟鬆開手，各自回到有光的中庭，此時警衛伯伯向我們走來。

都忘了走廊有監視器……警衛開口向我們問：「同學姓什麼？」

我：「蔡。」

鮪魚：「郭。」

接著，警衛的手在另一隻掌心比劃了一陣：「這個姓名學吼，我幫你們算……郭同學你要再大方一點。」好的，謝謝這位警衛的評論，更謝謝你放我們一馬（差點以為要通知家長）。

我像是《冰雪奇緣》中的艾莎，透過不停摧毀與重建，來學習如何掌控老天賦予的冰雪魔力。後來我和鮪魚說，畢業後我們的生活一定會差很多，分手吧！他從來沒有拒絕過我的提議，討人厭的溫柔又來了，到最後連他走路的樣子都讓人看不下去。上國中後，彼此班級離得遠自然鮮少聯絡，但鮪魚卻仍堅持在我每年生日的時候，騎腳踏車來家裡送上一張卡片和娃娃，直到高中。

國中女孩的茫然與小學不同，每個人的心思突然間變得複雜，漂亮的女同學會用美工刀割手、男同學動不動就扛著椅子消失於課堂，聲稱「去找朋友」，實則是逞英雄幹架去。我和死黨同進同出，這份一起上廁所的友情並不接近真實，更像是各自站在懸崖邊只能彼此緊抓著的關係。

我在班上最漂亮與強勢的群體中，聽見許多故事。最要好的小張會和我說她不快樂，媽媽昨天又在爸爸聲稱出差的發票上發現去了汽車旅館；一位喜歡我的男生單親，有天發現他不會綁鞋帶，竟稱自己是因為沒有媽媽，所以沒人教，於是我教他；璇璇穿了不少個肚臍環、鼻環、耳洞，老是發炎化膿，隔壁喜愛ＢＬ漫畫的宅女總會單手抓著漫畫，一邊看著那些傷口驚呼；坐最後一排的緯，則是只要遇到新來的老師就會大聲地說：

「老師我有腎臟病，要馬上去尿尿不然會死翹翹。」

我的茫然則沒那麼火爆，而是細心燜燉的一鍋湯，慢慢將自己煮熟。

「本來生你希望是個男的，如果再不乖，就要把你載去丟掉。」父親曾這麼說。因此，我體育課不乘涼，要和男生一起罵髒話，還要控制男孩。不只是控制，更要和有權威象徵的人談戀愛，比如年紀、地位與我相差甚遠的對象，幾次玩火玩得過頭，差點把心與肝也摻了進去、失去自己。

高中畢業後，我就長得和以前不太一樣，眼睛用雙眼皮貼黏出一道皺摺、戴了牙套、畫上眉毛。進入大學設計系，班上有自成一格的群體，也有獨來獨往的邊緣人，我則是遊走在美女群與邊緣人之間，將大部分時間投入在社團，不愛上課、只管讀小說與哲學、聽音樂。

後來有個學長問我，要不要去看電影。他在我遮著臉時說：「你素顏就很漂亮。」

日子翻篇，一起看了無數部電影，直到某一刻他才坦承，慶祝一週年紀念日那天，我素顏出席讓他感覺不好，好似我並不重視那頓晚餐。第二眼美女從天堂掉到地獄，傻傻地聽信情話，以為自己不用再費心機就能是某人眼中的第一。

我想起小時候，姊姊一直覺得自己不夠纖細，有天她分享了一個新發現：女生如果聳肩，看起來就會瘦一點。懵懂的我只知道一味地把語言給吃下去，主動招呼聳肩怪獸進駐身體，直到連日頭痛、下顎緊咬、肩頸痠痛，才察覺到怪獸正在反噬。

語言作為展示權力的工具，我一直在被殖民著，就算曾經在其中試圖掙得位置，渴望用聰明、能力、戀愛策略、順從與反叛同時並行的姿態，硬撐成某種樣子去證明，只為補齊「你不是男生」、「你不夠漂亮」。幸好、幸好，體內的每一吋肌膚正在覺醒，在此宣布獨立。

蔡依玲與蔡依林

我的名字恰巧與明星Jolin相同讀音，從小到大就經常聽到身邊的人這麼說：「哈，那你男朋友是周杰倫嗎？」「跟Jolin一樣多才多藝喔！」「哇，大明星！」「（眼神掃描）以後身材會跟她一樣好喔。」「不錯，名字很好記。」

小學一年級，我在媽媽的早餐店裡翻閱壹週刊與自由時報來獲取最新的娛樂消息。蔡依林發行《Don't stop》專輯後大紅，與周杰倫的雙J戀也被炒作成熱門新聞。從此，我便盡責地捎來所有第一手消息，小學四年級時，媒體傳聞〈看我七十二變〉音樂中有靈異怪聲，我遂將CD音檔轉錄進錄音帶，帶到學校和同學一起「抓鬼」，在曬滿南國陽光的走廊上，輪流將耳朵貼近調為慢速的錄音機。國高中時則因為歌聲清亮，到KTV時都會點播一曲〈假裝〉，試圖模仿Jolin的聲音來博取同學的目光。

我就這樣成為了蔡依林的一部分，沐浴在她所折射的光裡。

我的名字曾欺騙過人。在樂團成立初期，當時還未改名為淺堤，而是先以〈蔡依玲樂隊〉來命名，除了經常收到「玲、林」不分的來信，還曾收過這樣一則私訊：「我女兒從小就很喜歡你，可不可以給她三分鐘拍張合照，請一定要回應我，拜託了。」竟有人這樣誤會，女兒父親的身段柔軟到令人既心疼又好笑。

要圓一個連自己都不信的謊總是最難，外型上我的個子比她小、頭髮沒她長，若我長得真有幾分像Jolin的話，可能還不至於露出破綻，一定會演到底的，只可惜我們從來都不一樣。

我還懷疑過，人們是不是每喊起我的名字，就必定會想到她呢？為了解他人究竟存什麼心，我曾試著將伴侶喊成周杰倫一陣子，結果不出多久，沒說幾句話就會笑到出汗。

折射光的傷害不亞於直曬，關於Jolin帶給我的影響，其中之一是年紀。女人的年齡總是位於陰影處，就像在極權中談論政治一樣見不得光，但我出生的年份距離解嚴不到十年，民風快速從封閉迎向開放、壹週刊創刊，性別意識也在其中有所推進。如今，言論自由已進入學習區分自由與冒犯的階段，遙望當時的人們在資訊的浪潮中，只管衝向海天一線的盡頭，各種腥羶色、政治不正確的言論都浮上海面。像我這樣迫不及待長大的女孩，每個月的快樂即是浸泡在時尚雜誌中學習「該怎麼當個女生」，不只看穿搭，也看女星們談論年紀和皺紋。

「女人三十歲後該追求不只外表的美」、「女人三十歲是花開還是花謝？」、「女人三十歲前應該做的幾件事」……

可惜並不是每個人都想往同個地方走去，語言讓人們各取所需，部分人將它用來插旗。只是當人人都在浮光掠影中寫下「到此一遊」，旗子插多、插滿了之後，視線自然不再遼闊，反容易迷航。

我也被騙了，被那些以Jolin等成功女性為名的語錄欺騙，只管努力奔跑求上位，盡力活成一個幻想中智慧與美貌兼具的新女性，好當有一天記者遞上麥克風問「如何像你一樣兼顧事業與家庭？」時，姿態從容。千萬不能落馬，因為若是無法兼得，離婚將被指教為太強勢，不小心犯錯時還會被議論是情緒化、月經來、更年期到了。若遲遲未婚，那想必是因為眼光太高。

日本有種信仰稱為「言靈」，是指言語本身具有靈魂，有著不可輕視的力量；話語有自我暗示、自我應驗的能力。若言靈真存在，是否就曾現身於當初〈看我七十二變〉的錄音帶中——「再見面，要你們傻了眼，無所謂正面側面都是完美弧線。」醜小鴨藉此宣示自己女大十八變，要變得樣樣精通，能跳芭蕾也能像男人一樣上鞍馬，連青菜都要過水的新聞成為獎狀，暗示變得靈驗。

語言真讓女性到了更遠的地方嗎？

Jolin的本名其實是蔡依翎。曾遠望著Jolin的我，幾乎忘了穿戴著名字的主體，以致於在語言上偏執、在世故中遲到，撞得滿頭包才學會辨別語言所設下的陷阱，辨認一句話、一個標題有時只是如此，或不只如此。

與戀人剛在一起時，即便是輕聲細語也能搔中癢處，日子久了，就免不了貼著身體卻像談遠距離戀愛，語言可以說是一輩子的靈魂伴侶，有甜蜜亦有磨練。

我仍盼望著未來將至的四十歲，不知它會是另一場語言的誤會還是無悔？願世界上的蔡依林都能活出真正的自己。

順帶一提，我姊叫佩晨，我們可是情敵。

小丸子與惡的距離

搞笑如我，自小最擅長模仿，比如近視的老爸，眼鏡常因為臉油而下滑，說沒幾句話就得用大拇指與中指將眼鏡往上推，搭配「阿玉仔、阿玉仔」地喊我媽。我早就察覺到這畫面很滑稽，只是一旦有這樣的發現得先耐住性子，選擇最好的時機點說出「猜猜看我在學誰？」才能成就一場華麗演出。

過年是搞笑藝人最忙碌的時節，叔叔們經常要我模仿幾個重複的角色逗大家開心。那個年代「政治不正確」一詞尚未誕生，人們普遍喜愛秀場式的笑梗，不外乎是取笑老婦殘窮，長大後回想才驚覺那些模仿令人毛骨悚然。只是，小小年紀哪曉得什麼正確不正確，一旦發現自己能用搞笑得到關注，就宛如握有神力，多數時候就像我喜愛的卡通人物小丸子一樣，付出往往只是為了掩蓋無聊的算計，旁觀劇中每個角色，也都有其善良與卑鄙之處。

不過，《小丸子》終究是一話只有二十分鐘的卡通，就算劇情是因卑劣而生，也仍能讓所有角色在有限的時間裡有圓滿的解釋。可真實人生並不是一話又一話終得圓滿的劇本，我的這一話，一演就是十年。

小學時，若被分配到外掃區就有機會能脫離班導的視線範圍，小朋友們特別喜歡在下午時段「假裝」打掃，實際打鬧玩耍一路到放學。四年級那年，我和好友張靜茹抱著摸魚的心情，一起選了籃球場與學校圍牆周邊，沒想到那是個打掃起來非常無聊且噁心的地方，圍牆邊有時會有狗大便、鳥屍體，或碰到具有威脅性的高年級學長姊，每次打掃都像早期綜藝節目的恐怖箱環節一樣未知。

事發當天，老師特別交代要把牆邊水溝裡的落葉清乾淨，我們拿著鐵掃帚，耙出水溝裡所有噁心的髒東西，實在好無聊啊！此時我發現水溝邊有塊磚頭，便對著張靜茹喊：「欸，這裡有一塊石頭耶。」隨時都想來點有搞頭的事，張靜茹回應：「丟出去看看！」正好圍牆外有個學長即將經過，我連忙丟出磚頭，躲在牆內竊笑等待，想一看若天外飛來一塊石頭，他人會如何反應。

學長拿起磚頭：「誰啊？」張靜茹在側門負責看他的反應。我實在等不及，便將頭往側門偷瞥了學長一眼，他微笑著，似乎明白這是一場突來的遊戲。學長本能地將磚頭丟回牆內，瞬間，我的眼前一片白光。暈眩幾秒後才聽到張靜茹大喊：「依玲流血了！」將右手摸向被砸中的頭頂，手與地上都是血。

我是跟著爸媽見過風浪的孩子，二話不說以手刀姿勢穿越籃球場、經過廁所再跨越四年級各班走廊，不管沿路地板滴得滿是血，跑到保健室告訴護士阿姨：「我被石頭砸到了。」沒想到護士阿姨更是狠角色，悠悠地問我名字、班級，拿出紗布一邊說：「哇，你這個要縫喔，要叫救護車還是請家長來載你去醫院？」我告訴她，爸爸回台灣了應該有空來載我，便在保健室等候。除了心跳持續噗通噗通跳，卑鄙的小丸子心中卻想著另一件事，喜歡的男生不曉得會不會來關心我。

媽媽和爸爸一起出現，事發的忍耐與驚嚇終於控制不住潰堤。我抱著媽媽大哭，緊接著被爸爸載到附近的醫院縫合傷口，站在機車前座的那段路上，爸爸很溫柔地關心我，感覺整個人輕飄飄的。拜故鄉七美島所賜，學齡前阿嬤曾在窗邊拉了我一下裙角，成品就是我眉頭上那道疤，也是人生第一道註記。這是第二次了，對於縫合這事沒那麼恐慌，反倒還有點心得：掙扎會更痛。

想到接下來都不用去學校上課，真是太痛快。未料，媽媽竟說晚餐後校長要來我們家拜訪，且扔石頭的學長與家長都會同行。一行人登門簡直要把我嚇壞，家中從沒這樣大陣仗，又是禮品、又是獎狀。過程中我不發一語，只要扮演好大人們口中「依玲好懂事」的形象就行。觀察著大人們談話，刻意避開學長與他母親那側，視線盯著平時感覺好遙遠的校長。終於輪到學長的母親開口：「真的對你們依玲很歹勢，我們這個小孩有自閉症，平時都很正常，該吃的藥也都有在吃……」此話一出，我的頭比石頭砸落時還昏，聽不見周遭耳語。

送走一行人後，我板著臉遲遲不肯坐下，媽媽察覺有異狀問起，我才從實招來：「媽媽，我有一件事要跟你說……」滿臉是淚地嚎啕大哭起來。我和媽媽坦承，那顆石頭是我先丟出去的，我們那時候在玩，學長不是故意的。

「和自閉症一點關係都沒有。」那場「純屬意外」讓我自責了許久。記號與疤痕能讓人銘記歷史、顯得特別，或許我是如此渴望成為一個特別的人，才會無意識地去招惹教訓，直到降伏於命運。

這起事件在我心中住下，祂知道我看見它，派給我以此為開頭的一連串功課，要我去察覺自己每個行為中的無心與惡意、去探究每個事件沒有被訴說的面貌。直至今日我成為一名發出聲音的人，將自己推向被眾人檢視的舞台上來探索這份意願的邊界，在令人恍惚的燈亮與燈暗間查明：每個人都有特別及其未被訴說之處，一個人特別與否，並不與「看得見」或「看不見」劃上等號。我不必成為疤痕本身才有活著的價值。

看不見不代表沒有縫隙
我是沒有單位的物質
追究活著的價值
——〈多崎作〉

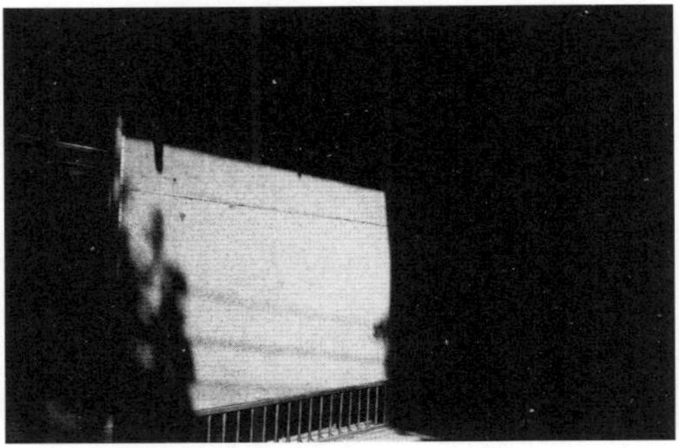

算命錄音帶

人在谷底時，往往只需要一句話來撐過今天。

某天，家裡收到從花蓮寄來的四捲錄音帶，母親與三個姊妹一人一捲，低傳真聲音搭配膠捲的捲動聲，讓發話者更顯得神祕。

媽媽曾算過許多次命，難得這次有一段以我命名的時刻，拿到錄音帶像得到禮物一樣興奮不已。才十二、三歲，就有人能像先知般描繪出未來樣態，不管是好是壞，光是見自己的命運以「年」為單位被捧著描述，就已有被老天看顧的療癒感。

錄音帶裡頭夾著一張重複對折、厚到外殼難以闔上的紙張，紙上畫著十六宮格，也就是所謂命盤。我拿著命盤紙、媽媽準備紙筆，母女圍坐在床的直角兩邊，靜候算命師發出聲音。

從我當時的年紀開始講起，交叉補充整體走勢，談到家中是非多、父母與孩子緣薄，且我與屬兔的二姊尤其不合。歲數逐年上升，十三歲需要安太歲、十九歲應注意車關，有時向母親隔空喊話，細數哪些特定年份要留意孩子安全。再回到大方向，身體健康整體需小心骨折，建議母親可多為我煮些鱔魚，連料理方式都詳細解說，怕蛇的媽媽邊做筆記邊打冷顫。

算命師就像嚮導拿著手電筒帶隊，領我們走遍歲歲年年，直到我老年才停止。

若干年後，我用記憶所捕捉下來的關鍵字僅剩一句：「你是一隻大器晚成的金雞母。」其餘內容過耳就忘。許是人腦懂得趨吉避凶，最終句子被我簡化為「你是金雞母」，這幾字聽來確實更悅耳。帶著去蕪存菁後的信念，與精神領袖小丸子合而為一，想像未來勢必能躺在暖桌中飯來張口，如此一來，就算苦難家事導致人生擺盪，也都能看作這只是煉金過程中的一場化學反應。未來當我離家、能為自己的命運作主時，就能另闢路徑通往心之所向。

依著這個樂觀又愚蠢的信念，我有幸活到而立之年，只是不知怎地，前方的燈光突然在一陣閃爍後暗去。是命運宣告，從現在開始，不再有人能指引與同行，我得靠自己找出根生的信念和步伐？那金雞母，或許從來都只是光所投射出的想像。

許多人的第一段人生是十八歲前，在法律中屬於無完全行為能力者，也是最被允許犯錯的一群人；第二段人生是十八至二十二，嚐盡前段人生的所有不能，會在第一次離家時樂不思蜀，得意忘形地用累積的知識去懷疑命運，動輒就要與人進行一場「算命是否為自我暗示」的辯論；第三段人生是二十二至三十，自我感覺從黃金質變為破銅爛鐵，人生的位置就位在填問卷時，需要往下滑動才能找到自己的地方，明明只需滑動那麼一下，也會刺痛得哇哇叫。

後來，我在某個年初，自掏腰包約了第三段人生的第一場算命，帶著殘餘的青春去碰撞世間那一句句陳腔濫調，然後哇哇叫。當時我正為職涯方向不明而懸著一顆心，與朋友恰巧在一次聚會中，得知有位老師能線上通話算流年。其建議從飲食、造型、脈輪到風水，且費用不貴，只要提供生辰八字即可。

在約定通話之前，我提早中斷與室友的早餐時光，把自己塞進房間，備好紙筆等候。電話那頭是個聽起來五、六十歲的香港伯伯，接通後，他劈頭就說：「你一輩子都不能吃雞肉。」

「你剛剛是說一輩子嗎？」我笑了。此生第一個和我說出一輩子的人竟是他。

這些事我早知道——與親人緣薄不要強求、腸胃皮膚需多留心、多慮易失眠適合放空。成年人的世界，使用他人的時間與專業都要付費，但我更想要的，其實是不再煩苦寂寞、一句「你依然是那個金雞母」的安慰。進入提問時間後，我有一搭沒一搭地問，可想而知若目的不明確，也只能任由腳步在失重狀態漂浮。通話停在老師的一句奉勸：「你會發現人生就是這樣，很差過後就會變好、起起伏伏，沒事的不要擔心。」

「好。」雖這樣一句話不曉得能讓人撐下去多久，但至少能撐過今天。

於是，我認真嘗試不吃雞肉，但因不實際且成效不佳，不到一個月便放棄。再觀察，老師通話中曾表示「梅雨季會較倒霉」云云說法，我都沒有太大感受後便拿竅：「所謂算命也只是一種數據分析嘛。」或許我只是找錯分析師了。索性丟下那些令人錯亂的指引，先努力不陷入憂傷。

摸索了一年，天氣逐漸轉涼，內部整修的路上讓人差點成仙，幸好沒化成灰。自認這些日子有所長進，學習為自我發聲、在回應前先等待、試著課題分離……直到某回朋友聚餐，再次開啟迷信話題。這次聽聞一位台中的老師判斷準確，我抱持著驗收自身長進多少的精神，打算換個心情再來一次。預約、匯款、列出所有要問的題目，準備迎接一個半小時的通話。

「你要記住，一生不要與人過度商量。」老師說。

大笑三聲，我似乎早已準備好迎接他的回覆，甚至不需要花時間回想，自己曾多少次因為「過度商量」而困在原地。不容易呀，我終究沒有放下嚮導與亮光再次出現於前方的期待，因而迷失於聽取過多「你應該……」、「你可以再……」的建議，或「舞台上的人，可是個要給人答案的角色喔」的提醒。不太確定究竟是想得到支持，或只是不想為自己負責，我像在自助餐台上貪婪地拿取各種意見，最後發現盤子裡裝滿了別人的聲音，卻沒有自己的選擇。那麼，算命的本質是否也屬於一種「過度商量」呢？

一年一度的整理，讓人理解到信與不信都是同件事，不管是運勢走向或逐年逐月的指示，都有著名為「前方」的魔力。不吃雞肉，一個月安穩過去；梅雨季會倒霉，至少撐到了夏天；最後雙手一攤放棄掙扎，就算春雷直到秋冬才響，也隨它去吧！信念會在大自然給予的考驗中發芽。就算是做喜歡的事，也不僅於只有快樂，要享受漆黑，得先承認自己眷戀太陽。

死亡的聲音

人生經歷的第一場葬禮主角，是跛腳的阿公不小心在家中摔倒，當時我才幼稚園。阿公假日會買我喜歡的牛奶糖與姊姊們的午餐，徒步從叔叔家一路走來，待收到牛奶糖時，常常都已經被夏天悶得融化了。由於阿公身上有令人卻步的油垢味，加上家族都知道阿嬤恨他入骨，兩老從來不一起現身，所以孫子女們與阿公的交流並不深。

人過世的時候應該要悲傷，這點我是知道的。阿公離開那天，全家人都被喚到叔叔家車庫等待，很快地，下一幕已是路邊帳篷都搭妥，葬儀社說，待會阿公要移進棺木中，因道教上說法怕會「沖煞」，晚輩們必須背對家門，披麻帶孝跪在柏油路上等待大體移出。我隨著跪姿轉身，不料眼前正是對面人家的車庫，透過鐵捲門反射，我忍不住注視，就這麼不小心將棺木移動的過程看得一清二楚。

出殯那天，晚輩排成兩列人龍跟在電子花車後，伴隨著大聲播放的音樂走了好長一段路才能上車，古早時候人對生命逝去的態度，煽情如瓊瑤。唯獨阿嬤，從頭到尾沒有走進過喪事帳篷一次，她只是坐在叔叔家車庫，背對著發呆。

再一次印象深刻的哀悼儀式，已是父親的喪禮。他在我二十三歲，也是樂團正要起步時，被檢查出肝癌第三期。得知報告結果後三天，他傳來一則訊息：「寶貝，老爸要你們有勇氣和信心陪我打倒病魔，你們記得，老爸永遠愛這個家，永遠深愛著你們。」接著，便開始吃標靶藥物。姊姊積極地訂有機蔬菜，連過父親節都改吃健康的鹹蛋糕，就算他生性愛吃垃圾食物，這個階段也還會勉強吃一口做做樣子。一個月後卻很快地被擊垮，確定擴散的程度已無法開刀解決，傳來的訊息只剩下「嗯」的一聲回覆。性情大變、瞬間消瘦，阿嬤來探望時若哭哭啼啼還會遭他一頓罵，進食則是隨便吃點微波食品應付，母親與姊姊因此受了不少氣。顯然他什麼都管不著了，我在一旁不說話，除了替為人母的阿嬤感到難受，其實是認為生命到尾聲了，喜歡幹麼就幹麼去吧！

四個月後他被送往醫院，母女四人與叔叔們輪流到病房照顧。離世那個清晨是我接的電話，叔叔用顫抖的聲音說：「你爸爸走了。」趕到病房時，儀器的聲音「逼——」地持續著，原來人可以靠著維生系統，在形式上留下最後一口氣，再用救護車無聲地送回家。我們圍著病床，看著醫護人員將氧氣罩摘掉，一邊說：「回家了。」

姑姑與媽媽店裡的熟客好友們持續趕到，從剛剛的病房到家裡，所有人都壓低聲音說話，我卻覺得厭煩，或許是因為澎湖人一向嗓門大，卻在嚴肅時壓低音量，顯得太過刻意。我喜歡如常，兒時三姊妹曾開玩笑地和爸媽說：「如果你們走了，拜託不要回來找我們。」於是喪禮期間，我常在上廁所的時候想，爸爸會不會跑進來偷看，若我成了鬼魂，一定會超想看的。三姊妹害怕爸爸真的跑回來嚇人，睽違已久擠進同一間房，打地鋪睡覺，就像我們小時候在七美過暑假一樣。

我喜歡引磬*的清爽聲勝過於嚎哭的孝女白琴，每日早起上香、誦經，叔叔們也會每天來坐一坐。一行人坐在門口一排塑膠椅子上，聊爸爸的種種事跡，澎湖人講地獄梗的功力真是一絕，無論人是生是死，說話不顧對方顏面，失禮了再用笑話帶過即可。中途還穿雜了各種插曲，比如送來印好的大幅往生者相片，發現不曉得是誰挑了爸爸太過年輕的容貌，跟本人實在不符，一定要退回重印；還有媽媽一位看得見亡魂的朋友，說爸爸都會在旁邊坐著聽故事，聽得好開心。

人過世的時候應該要悲傷，但直到送走他我都不曾哭，也從未接收過父親來訪的夢，想想也合理，是我們叫他不要來的。

儀式塵埃落定，媽媽的早餐店再次營業，我回到市區租屋處生活，去咖啡店混、去上班或表演，沒有朋友會主動開口聊喪禮期間的事，就算是笑話也無人敢笑，彷彿只有自己過了一段像夢的時光。某天回家，與母姊一起吃晚餐，聊到我們曾送給爸爸一個萬寶龍皮夾，我竟突然在餐桌上淚流不止。

想起他還沒離世的那個上午，輪到我值班照顧。他說想上廁所，結束後

＊一種和尚念佛時所用的樂器，形如小碗，多以銅製成。

攙扶著回床時，父親突然倒向床喊暈，扯著急救設備要我叫醫生過來。我跑向外面值班台呼叫，一位實習醫生走進來，簡單聽診後說沒什麼異狀。事實上我嚇壞了，隨後值班時間一到我便離開去上班，心情更像是逃離肇事現場。聽說，他的病情就是那個下午開始惡化的，流了好多血。我自責無能，若那個早上能更快察覺情況，就算是跟他多說幾句也好，而非不知所措地草草說再見。

等待大體送回家的清晨，姑姑走近和我們母女說：「大哥有交代，機車座墊下有個皮夾，裡面的錢是他要給你們的。」一方面不捨皮夾還很新，一定是捨不得用吧？另一方面則是好恨啊，就連生命到了最後仍是說：「我都跟他們交代好了。」

母女們像是未曾走入他心底的局外人。或許是傳統框架中的男性，從沒有機會能鬆懈下來去體會，一家人在一起需要的從來都不是男子氣概。他在病床前常惦記的，是背叛他投資作保失利的朋友。老爸，我了解，那真的太嘔了，但是每當與你在一起，都感覺你人不在此刻。大家已經不怪你了，能不能放下糾結，好好地看我們一眼呢？

他走後的幾年，只要聽到醫院儀器的聲音我就會心跳加速、喘不過氣。也曾把對自己的嚴厲寫進歌裡：「若再來一次，會多說幾句嗎？」其實並不，我不相信人性中有如果。或許只是我嘴硬，不允許自己後悔吧。

曾聽通靈人形容，鬼魂的樣貌是依據人生前對自我形象的認知而浮現。父親的鬼魂長什麼樣子呢？他對自己的認知會停留在何時？他離開後，我一直放大著感官，試圖去感受失去肉身的父親是否還在。因為不曾感覺他來過，就這麼相信吧，靈魂是一團能量的離散與聚集，直到被人們遺忘。當越來越多人的意念再度想起時，他便會再次存在。

盆栽、掛曆與情人

之一

在某本攝影書上看見一行字——「能到超市買束花回家，就算是住下來了吧。」

但我買的不是花，而是盆栽和掛曆。植物要澆水，有的兩三天澆一次，有的一週一次，若放在室內，則要不定時拿到陽台曝曬，遇到換季或爆盆，便得大費周章換盆。對我來說，養好植物才叫真的住下來。

起初，買盆栽僅是為了風水，在收入不多的日子裡，人總想是會想空想縫*，是不是還能再搞點什麼不會痛的小事來換得好心情？正所謂小確幸。否則我本是「黑手指」，小時候養什麼就死什麼，最後一盆是當時偶像劇《薰衣草》正流行，跟風在文具店買了一盒種子，照樣從沒探頭出來見過光，爾後便沒再動過養植物的念頭。植物這種東西，整天佇立在那，不像貓狗有表情，還能吃喝跑跳，至少讓人感覺自己的灌溉有點存在意義。若不是某天突然發神經，想試著用風水來催眠自己「反正能做的都做了」，也不會有什麼以後。

趁著下午到高雄勞工公園查探，公園一遇假日就會變身為花市，攤販繞著偌大的公園半圈，外圍有不少賣點心的攤販，有時還會有公益單位在那駐點給人領養流浪狗。不知從哪一端開始逛，就從中間迒入來回兩側看吧，花市裡的盆栽琳瑯滿目，土耕、水耕、會開花的、松柏常青……不時需要站到一旁冷靜，且邊走邊上網查資料，才不會一不小心帶了招陰或不好照料的植物回家。

＊台語讀音為 siūnn-khang-siūnn-phāng，意指想東想西。

第一個盆栽是狐尾武竹——五行屬木，象徵生機、積極向上，全日照或半日照都適合。葉子尖小，單株外型像狐狸尾巴，是路上常見的綠化植物。帶回家那天，將它與同事送的小盆多肉植物一同擺在陽台，心情甚好，就算沒有風水意涵，也值得為增添了點生活感而心生欣慰。每日至少到陽台查看兩次，人說第一個孩子照書養，植物也是，我動不動就上網搜尋，有人說要天天澆水、有人寫土乾了再澆就行，眼見一週將要過去，受不了便澆下去。也難怪算命師說我會是個虎媽，現在光看我關照植物的程度，說是直昇機家長也不為過，神經兮兮大驚小怪。

後來才在和綠手指朋友的談話中豁達——要相信它會自己長好。

狐尾武竹和後來購入的茉莉花，都一起跟著我到了台北。但它們被我放在陽台不管，畢竟這地方，沒什麼好經營的，倒也不必在乎風水，是個早晚要走的地方。我萎靡不振，茉莉花招架不住怨氣先走了一步，狐尾武竹卻持續在旱地中長出新芽，可惜一次兩次我皆無感。

直到情人最近又說：「你看它長出來好可愛喔，但也好可憐，我們要不要去買新的土和新的盆栽？看了心情也會比較好。」

再看看吧。

之二

同個算命老師說：「你還是個很需要進度的人。」植物可以不動如山，但我的日子確實不行。直到我買了掛曆，發現每個月翻頁能讓心情舒坦，還兼顧儀式感。在年末將舊的拿下、掛上新的，並寫上每一位重要親友的生日、領養狗狗日、父親忌日……光是寫下這些字，我就能感覺被愛。

近日，某電視節目希望能來拍攝創作者的私領域，請我提供有意義的物件或生活角落。我以高雄的住所為優先，盡可能在極簡的家中尋找與自己有關的痕跡，持手機鏡頭在家中晃蕩，無意識拍下了掛曆，回到電腦前在補充欄打上：我只會在自己認定的地方擺上掛曆。

節目請我最好也能拍攝幾張家中場景，方便他們規劃。上繳一系列照片後，聯繫窗口第一時間就來訊詢問是否還有更多生活痕跡的地方，感受到了節目組的挫折，在與窗口的兩次通話中，我頻頻表示：「真不好意思，我一定很難拍。」後來討論也許能拍些登山用品，或是打開著的行李箱以表因工作得經常移動的狀態，不過很可惜節目組有其他的期待，拍攝計畫遂告吹。

在山裡，能用足跡與排遺來推敲動物路徑與型態，或許我是太怕被過去逮捕，才會極簡到令經紀人瞧了家中照片都驚嘆。但是掛曆不一樣，那上面有實實在在的一天又一天，無論節氣或節慶，我都太需要被提醒：今天不一樣、快要不一樣、曾經不一樣。儘管那幅度微小到不足以做成節目向大眾解釋，我都需要這麼做，如同日本漫畫《驀然回首》知名場景，漫畫家埋首於桌前直到失去黑夜、白天與四季，那都不代表有人應當失去世界。若還能在重要的日子裡向人做點表示、說上幾句話，應該就不會有什麼事算是太遲吧。

不過，說得好似我對人用情至深，其實並不。掛曆上的日子，最難記且容易忽略的莫過於週年紀念日，就像三十歲後的生日，老是會忘記自己的歲數，每年都得拿出計算機加加減減一遍。幸好情人不計較，但正是這不計較最恐怖，曾有幾次兩人同時都忘了，發現後也沒再補過。自己湊合著過就算了，當兩人都湊合，就很難不警鈴大響。

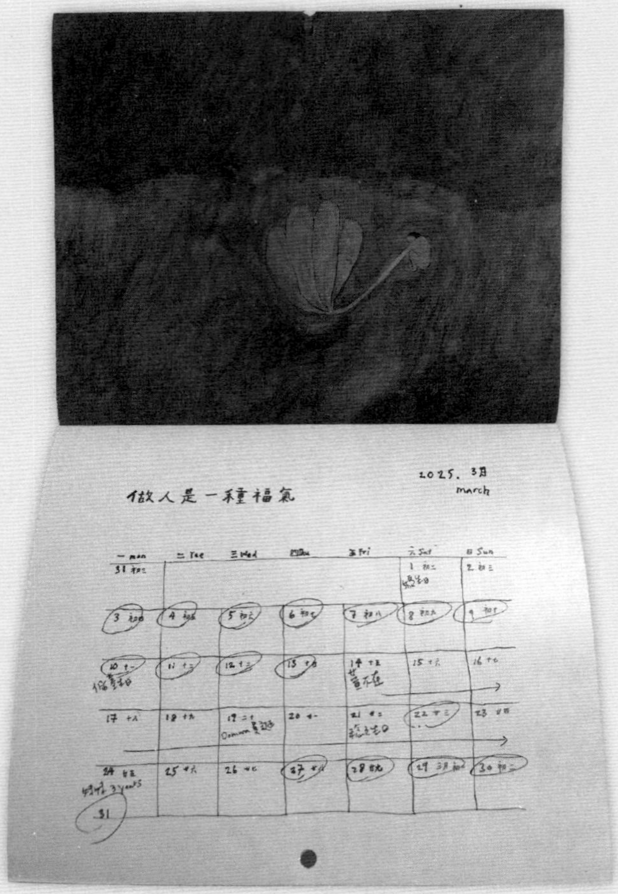

在燈暗的時候唱歌給自己聽

有時曾想，這一切或許是完美主義作祟，我才會在「生活痕跡」這事上錙銖必較，不隨意留存、先經過篩選，甚至帶點防衛意味。對於一起忘記紀念日，我偶爾會檢討是自己將這種習慣帶到另一個人身上，或許他的日子本來也有滋有味、見什麼是什麼，遇見了我這鍋白粥，才被搞成四不像的大雜燴。

台北的住處沒有掛曆，牆面四處空著，看久了像是一種責難。但是北部的雨太多，沒有一件重要的值得記，況且，寫了就要記得，記得就要處理，索性不寫，讓時間像那陽台盆栽自生自滅。偏偏每想到那被遺漏的紀念日，總還是讓人覺得，好吧，痕跡應該留下。

這是盆栽、掛曆與情人與我的四角習題。

手心與手背

名人大S逝世，她與妹妹小S過去時不時在節目中拌嘴，甚至曾在上工前因大吵一架，獨留妹妹一人在直播節目裡啼哭喊話，姊妹倆的真實互動是讓許多人得以投射情感的原因之一。新聞說小S在姊姊離世後哭得肝腸寸斷，其實我在這個年節以前，並不曉得手足情誼是種怎樣的情懷。

大姊去年買了房子，正好位置就在我租屋處附近，媽媽特地傳訊息來提醒：「大姊房子快好了，做姊妹的應該表示一下心意。」她舉例自己送了什麼電器，但我怎不知媽媽的心思，如意算盤就是希望我做妹妹的最好提著禮物登門拜訪，做好做滿。只是面對家人的期待，我總是反應過大，在該為姊姊祝賀之時，竟自私地想起了很多她的不是，還算起了自己出門在外十多年，除了一年一次的生日貼圖，不曾收過姊姊們的主動問候或關心。此時要我主動扮演撒嬌的么妹，心裡一下子過不去。

深吸幾口氣，知道自己在年紀上已是個大人，小鼻子小眼睛的孩子氣不宜見人，既然還做不到登門拜訪，至少請人送瓶酒過去作為入厝禮，鼓起勇氣傳訊息問她喝酒的喜好與收件資訊。

我知道媽媽對大姊心懷虧欠，她曾提過幾次，大姊在家中變故時是辛苦的孩子。只是，手足之間即使要好，也都有花心思確認父母是否有偏愛的時候。以前爸爸常說「手心手背都是肉」，但我一直不覺得這比喻適合拿來證明「兩者都一樣」。手背幾乎薄得只有一片皮膚，而手心卻是較為厚實且刻上命運意涵的存在，在我的視角中，自己對爸爸來說是手背、對媽媽來說是手心。

而我和大姊一直都生疏得可以，依稀記得在她升上高中前，幾乎不怎麼與我說話，某天她突然像變了個人似地躲在角落嚇我、和我玩，彼此才逐漸要好起來。此後便經常一起玩到三更半夜才睡，假日就和她的朋友開車去墾丁、台南玩，玩到媽媽都覺得我要被姊姊帶壞，總說我個子小都是因為發育期間跟著大姊不睡覺。

不過，那要好的時光並不長，待大姊上大學外宿後，彼此間的關係自然又日漸疏遠。畢業後她創業賣衣服，經常往返韓國與台灣，從一個騎樓下的小攤位到開店面，努力拚得每年休市就能出國旅遊的成果。後來我不住家裡，平時回老家就更與她碰不上面，除了偶爾會收到媽媽轉述的近況，我們幾乎沒有直接聯繫，也不曾爭吵。

在傳訊息說要給她送禮後，隔月，她隨即買了兩張我的專場演唱會門票。印象中那是玩樂團以來，她第一次主動買票來看我唱歌，她站在很前面的位置並在公開的限時動態上寫：來看我們家小明星。

幾個月後迎來過年，媽媽傳訊息來要我留下時間，說大姊要幫我慶生，居然。就像她躲在廚房和我玩那次，為什麼突然對我好了呢？

這偏偏是我們兩個最相像的地方，厚厚的門看似不得而入，其實沒有鎖上，還會給推進門的人最多款待。上次她送我生日禮物和卡片已經是我十五歲時，收到了一台SAMSUNG附有USB功能的MP3，也是第一次體驗到要聽什麼音樂就能隨身聽的自由，不只陳綺貞與盧廣仲加入隊伍同行，青山黛瑪和瑪麗亞凱莉也在，每天都有不同的歌手陪我搭四十分鐘的車上下學。

除夕吃完飯後，母姊們相當不熟練地端出蛋糕，大姊還送上一袋禮物。

回到房間後發現袋子裡夾了張卡片：

很開心看到你已經在夢想的路上，自己二十六歲的時候也是從一個小攤子開始，這一路的顛簸，特別能感同身受。我們都不知道未來會比想像得更好還是壞，但希望『不要做讓自己後悔的事』的信念，也能給你不懷疑自己的信心和勇氣。祝福你在往後的路上，無論好與壞都能成為養分，造就一個連你都想鼓掌的自己……

邊讀卡片邊流淚，憶起自己一直都收著十五歲那張卡片，卻沒料到竟隔了將近二十年時間。

這是一個最棒的年，過去她所承受過的孤單和逞強，我雖理解但似乎沒有使上任何力，彼此便以這樣的平行距離走了這麼久。而此刻，大姊卻給了我過去的她所沒有得到的東西——鼓勵和陪伴。就像十三歲時陪我讀書一樣，那是我們在漸行漸遠之後少數親近的時光，那次段考，我竟考到了國中三年來唯一的一次前三名，或許正因為陪伴的力量太強大，一時失了神把鑰匙給交出去，將自己的潛力封印在為數不多的愛裡。未來就算再怎麼想藉著意志力破繭，抱著失落的飛翔終究難飛得漂亮。

一直都想活得像姊姊一樣，漂亮、獨立，也因為不甘於這段距離，用憤怒抵抗不安全感，幸虧有她替我解開，將鑰匙交還給我。與其說是手與足，我們更像是手心與手背，是失去了其中一面就不能稱為完整，那種一伸一縮、像競爭卻又不可分割的牽絆。

兩個姊姊與我年紀相差甚遠，當他們進入青春期，我才剛開始學注音符號；當我進入叛逆期，他們早已在為出社會做準備。曾怨懟自己幾乎以獨生女的姿態長大，但或許父母在多年後生下我，對姊姊們來說也是難以適應的改變。

光是理解還不夠，記得曾讀到有篇文章，說明了藏傳佛教中經幡＊（亦稱風馬）的意涵——風是傳播運送經文的一種無形的馬，五色代表愚痴、瞋恨、我慢、貪戀、嫉妒，風會散播經幡上的身語意和能量，最終由整個宇宙所吸收。或許我也曾做對什麼，風才將這份禮物帶到身邊來。

＊經幡是西藏的重要傳統文化之一，被視為一種神聖的象徵物品，廣泛用於各種宗教儀式和慶祝活動中。它們由五彩布料製成，上面繪有佛教經文、圖案和符號，通常在高處懸掛，隨風飄揚。

傳道的人

我的樂團曾經歷過幾次鼓手更替，印象最深刻莫過於和嘉欽（大象體操鼓手）共事的日子。有次，我們在車上談論死亡。

「我沒辦法面對人可能會死，甚至現在無法跟你討論，只要想到就會很慌。」他說。縱使我想用宗教般的超脫視角告訴他，若我們深刻地了解，說不定就可以得到自由。但我收斂起那份想說服的心，只是聽。

一段時間過去，嘉欽離團。在新的鼓手堂軒加入後，樂團隨即展開新專輯的籌備。因為和嘉欽談論死亡的畫面太過深刻，伴隨著一路以來與製作人的複雜情誼，在種種情感交疊之下，我於二〇二〇年寫下〈傳道的人〉。只是再怎麼體認到人是向死且孤獨的存在，也沒有人能真的完全免於恐懼而行動，就像我明白人總有一天會離席，但在嘉欽離團時，又何嘗不慌亂。我的躁進、焦慮和流淚，都是因為害怕，怕自己的價值不足以讓人停駐，而死亡老在背後叫我做點什麼，如同人們總說不要浪費時間，正暗示時間每天都在倒數。

過去一起玩樂團的日子用盡全力，吉他手一邊在咖啡店打工、貝斯手則來回屏東與高雄上課，每個禮拜為了配合我的上班時間，我們都是相約在下班後的晚上九點至十一點練團，只要假日能趁著表演的名義順便出遊就足夠開心。縱使長輩提起「何時要去學一技之長」、「這樣下去也不是辦法」，我們也知道在主流價值面前，自己不是孤軍奮戰。

嘉欽喜歡慶生，是個熱愛儀式感的處女座。他在加入後不久，在彼此仍有些生疏的階段，便主動提議要來租屋處幫我慶生。此外，他還很擅長安慰人。

「我會不會很像花瓶？」我時常沒自信地討拍。「你就是花啊。」嘉欽回敬一個直逼膝反射動作的揮拍，球來就打。

〈傳道的人〉有句歌詞這樣寫道：「即使感性和換季，能使人和解相聚。」回憶之所以美好，是因為它成為了過去。所謂玩樂團，更多時候並非是看見彼此的光芒，而是直視了太多難以消化的怯弱與卑劣。當來自不同家庭的幾個人，緊扣成一圈朝夕相處，那可就不會是人人都願意過上的生活。

「我以為朋友是因為價值觀相近才聚在一起，但最近真的發現每個人其實都很不一樣。」陪一位朋友在陽台抽菸時，他這樣說。是啊，曾經我也以為，玩樂團是一群人做同樣的夢，或許更像是一群人輪流做夢。因為資源稀缺、性格軟弱，或者有共同想對抗的人與事，我們經常不是因為音樂才圍成一圈，只是一起分塊蛋糕，那份喜悅勝過獨自擁有。

不過人總會變老，終有一天，會有人再也不想這樣待著，消失於現場。

我身邊的人，該怎麼形容他們一個個所遭遇的困頓？是晚了十五年才發育的青春期，還是提早十年來到的中年危機？愛情長跑的人分手、進入婚姻的人不再追夢。而我也在追求安穩生活與夢想的懸崖上被強風吹拂著，邊行進邊感嘆自己上山前為何不再多練練，至少要多吃點才不會那麼輕易被吹倒呀。

後來，嘉欽一下子走了很遠，遠到結了婚、與我的多年室友結為連理，還靠著玩樂團繞了世界一圈。我們成了彼此在樂團路上，平行於隔壁跑道的老戰友，偶爾在網路上回覆限動說笑，也會相約到彼此家中閒聊，有時還是分享卑劣心態的樹洞小隊。假瀟灑如我，有時也會嫉妒與羨慕，欣羨幸福的人怎麼都能用笑臉扛起責任與包袱，或許幸福正是老天給懂得付出之人的禮物。也可能是嘉欽在選擇為自己開展新的探險時，就已經有足夠的勇氣面對死亡，而我還在追夢的路上錙銖必較，與其說〈傳道的人〉是書寫嘉欽談論死亡，自己才是那傳道的人的頭號輔導對象。

人人忌諱將死亡掛在嘴邊，因為不說就不會成真，且失去太沈重。但也因為生命如此有限，反倒能讓人長出韌性，撤退顯得更需要勇氣。我憶起和嘉欽談話的幾個畫面，等待有天自己也能再活得輕盈一些。

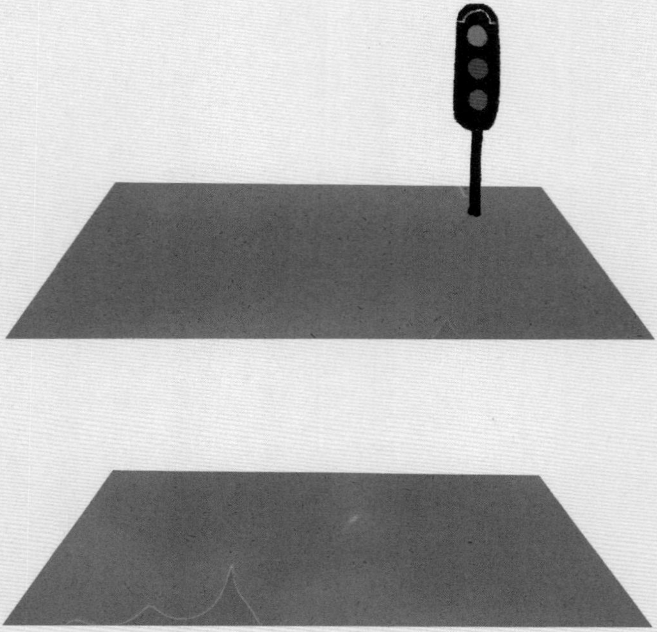

人是這樣吧，
很多時候只希望自己是匿名的，
並不渴望特別。

◀導讀EP收聽

輯三

當日子輕如葉

不給

隔壁晤談室以舒服的矮沙發佈置，我卻選擇像極了辦公室的這間，若在變換姿勢時不小心踢到桌子，它會發出冰冷質感的殘響，我便得做出鼓手將鈸悶音的動作，用手撫摸桌面好讓聲音中斷。疫情期間，我與心理師各自戴著口罩對座，進入不知道何時才能稱為結束的旅程。

談論傷心往事會哭、假裝對兒時的自己說話也會掉淚，縱使心理師嘗試的治療方式有時令人尷尬或難以領會，但有個動作我自始至終感謝——他從來不主動遞衛生紙。

為什麼人哭的時候，另一個人總是會下意識地給衛生紙呢？「給」是出自於好意，但我更常從中感受到一份不可言說的暗示，那是身體語言發出「快點收拾情緒」的催促，抽衛生紙的人也加入了表演，一場情緒豐沛的獨角戲翻轉成有對手演員的戲碼。

那麼當眼前的人哭泣時，另一個人又該做些什麼才好？每個時代丈量愛的標準不同，老一輩愛人的方式是將你我合而為一，你的事就是我的事，小至阿嬤覺得你餓，大至父母希望你找個穩定的工作。現代人愛的方式是「不給」，不打擾、不踩線。偏偏人與人之間最無解的難題，正是你給的我不要，我要的你卻不給。

某次回家吃飯時曾無意間提及諮商內容，母親皺著眉頭說：「為什麼要去諮商？」父親逝世後突然感傷流淚那天，母親也不解地問：「為什麼要哭？」她有時還會笑，說我真是太愛哭了，有什麼好哭的。人生第一次看的電影是《鐵達尼號》，我在傑克沉睡於蘿絲懷裡的瞬間哭得稀哩嘩啦，母親和姊都在笑著並且要我快點去睡覺。為什麼，我們總要巧妙地迴避另一個人流淚的樣子？

人流淚時的體感時間會變長，世界裡只剩下自己——雙眼模糊、手微微顫抖、呼吸心跳急促、意識無法集中，身體每一寸肌膚都在為了幫助釋放而動員起來。我曾在鹹如海水的眼淚中等待，等待她無所作為的陪伴、等待她和我一起正視悲傷，可惜她從不被眼淚勒索，連母親自己哭的時候也一樣，甚至能一邊哭一邊笑著說話。比如談起小時候她帶著我相依為命的故事，不禁悲從中來就會馬上就替自己抽張衛生紙，笑說：「哈哈，哎呀每次說到這個我就覺得很辛酸。」接著止住抒情，改為旁觀，總是在戲還沒開始就急著喊卡。

唯獨一次見她在人懷裡哭得泣不成聲，是父親的同事在告別式上香，這一幕太陌生，連姊姊們也面露詫異，她想起了哪些事？是父親長年奔波太辛苦，或是某個未竟的遺憾嗎？我又為何站在原地遲遲沒有上前？後來想通，在母代父職的日子裡，課業與品行若沒緊抓都會讓她難以向父親交代，無論母親看似再怎麼強悍，父親回家時若桌上菜色少了湯，便會擺起臉色給母親看，那是我身為兒女未曾察覺的互動。父親不在場，卻交由母女吸收所有衝突，於是一直以來母女關係就算不緊張也仍保持著距離，親近不起來。

她終於在被允許哭泣的場合為自己流淚。似乎像喪禮這樣的場景才「值得」哭，不會再有人拿出衛生紙要喪家別哭了，反倒是母親哭著哭著，突然從口袋裡掏出一包袖珍面紙，擦淚、致意、下一位。黑色幽默誕生於無所適從，遠遠看著那舉動突然覺得想笑，因為我也備了一包衛生紙，只是沒用上。成為大人後才明白，人類的情感有時深刻到不只無法以語言觸及，連哭與笑也都不足以代表。

諮商的日子無論昂貴或漫長也仍然要走，像是在配眼鏡一樣，在戴上眼鏡以前，就算會哭到視線模糊、有時怎麼也找不到詞彙，摸黑仍得指認出情緒的名字和來源，直到某天清晰地看見自己的心。告別那天，心理師對我說：「謝謝你的努力，最後還有什麼要和我說的嗎？」我說不出話，哭得全身發抖，猶如告別式上的母親，我們都知道，往後幾乎就不再有機會能為自己哀悼，每一個成人在一肩扛起責任後，連流一場淚都要付出代價。晤談室好一陣子只剩下啜泣聲，回過神才想起要找盒衛生紙把臉擦一擦，心理師則在一旁靜靜待著，我不禁思忖，他會不會心裡其實在想：「再哭下去時間就要到了……」電影《美國女孩》裡有這樣一段對話——

思婷：「你到底在氣你媽什麼？」

芳儀：「我只是覺得……她可以再做得更好。」

思婷：「但如果這已經是她的最好了呢？」

沒有心理師的日子，我變得與母親越來越像，如同她過去的克制是因為情分與自尊，漸漸地不如從前容易流淚，有時甚至會忘記掉眼淚的感覺，只偶爾在看電影時，才能打開開關，唯有在那其中，克制的大人才有理由泣不成聲。

當年節迎新春，人人都在發布回顧、感謝與願望文，我在社群上敲下幾個字：願新的一年，吃得飽、睡得著、哭得超大聲。

宛如神助

自小就感覺自己有著宛如神助的幸運，並非指偏財或物質上的獎勵，而是像人們說「貴人運」般的東西。深切地感受到自身受了運氣的推力，才得以長成現在的模樣。

求學時，我總是迷迷糊糊，經常不是錯過公車就是忘記帶錢包出門。有次走進捷運站，發現忘了錢包，情急之下就跑去向一位每天都會遇見的乘客開口借錢，他是位看起來痞痞的高師大附中男生，我誠懇地表明自己只需要五十元搭到學校，與他相約隔日在原時間地點還錢時，他卻說：「不用了。」後來我依然有還，不過這是何等好運？或某日放學回家，發現錢包忘在學校抽屜，身上也沒錢再轉搭公車回學校拿，只好求助於捷運站服務台，沒想到捷運專員竟願意幫忙，用遺失物表格寫了張陽春的借據，說這是破例借錢給學生搭車，請我低調且準時歸還。

一個人的信念，似乎就是在這些看似無關緊要的事件中形成。除了時常對人心懷感激，也不免將這許許多多無理的幸運，歸因於冥冥之中一股庇護的力量。

媽媽與早餐店的客人朋友們，常往來高雄某一廟宇。廟宇中的三太子神明，偶爾會請媽媽轉達孩子在特定時段騎車要特別小心，姊姊們若有工作異動也會委託媽媽詢問神明意見。以往我刻意與算命、通靈的場景保持距離，是深怕自己會接收到不想聽的內容，直至幾年前人生迷茫，抱著死馬當活馬醫的心態才與媽媽一同前往。

初次踏入所謂「問事」的場所，跟在媽媽身旁觀望，她與客人朋友一行人像開同學會般輕鬆，他們對於我的出席也並不特別驚訝。公壇中，坐著一位女性傳訊者，見她還在與人閒聊，我心想許是還沒開始，傻待在一旁等候，幻想究竟祂到來時會是什麼模樣。是像電視上演的那樣「叮——」一聲讓時間暫停，等到眾人恢復清醒時，魔法都早已施展完畢？還是毫無預警的拍桌巨響，嚇得在場的人與狗都抖一下，緊接著傳訊者會發出陣陣不像是人體能發出的聲音？

沒想到真實情況卻家常得可以，阿姨們一邊問我什麼時候要結婚、最近有沒有出國表演。在有一搭沒一搭的聊天中，祂來了，傳訊者僅是將眼睛閉上。

曾聽沈可尚導演與人對談，聊起拍攝劇情片與紀錄片的差別，他形容自己拍劇情片時，情緒豐沛、恨不得每天醒來就活在虛構的情節中，那感覺無比真實。而在紀錄片現場，面對眼前不可控的衝突與突發狀況，他卻會冷靜到連自身都驚訝。

而我並不太確定此刻的自己，是處在真實還是虛構裡。前來問事的人們不急不搶，圍坐在椅子上小聲聊天，被點名的人會帶著糖果餅乾上前。傳訊者閉著眼，用近似孩子的音調問候，偶爾有說有笑。若現場有台攝影機正在拍攝這一幕，它會是將定焦鏡架在人臉前凝視，還是用變焦鏡頭如夜行性動物的視角觀看，或用一顆帶有臨場感、些微晃動的手持鏡頭？

空氣安靜得能聽見問事內容，我的心跳隨點名人數增長而加劇，像是被老師單獨約談一樣，怕沒說出口的祕密會被一一揭穿。突然聽到有人喊了一聲：「早餐店的小寶貝！」媽媽手腳比我還快，拎起伴手禮並推了我一把，我向前九十度側坐，模仿先前的幾位信眾，將手伸出讓祂瞧瞧。

在那十分鐘不到的時間，依稀記得我在一陣緊張中草草問了「結婚好不好？可是我想先多賺點錢」之類的話題。空虛又懊惱，好像並不真的想問，單純是抱著一大坨無法靠自己清理的混亂，若此刻的人生問題能像是走進自助洗衣店，只要依循簡單的步驟和等待就能煥然一新，該有多好。

後來的日子，和媽媽一起出席了好一段時間，漸漸的我也成為一顆冷靜的鏡頭，到場後通常先採用手持，一派輕鬆地喝飲料吃點心；吃飽喝足後，轉為定焦不動，在一旁捕捉傳訊者眼睛閉上前的時刻，希望能從空氣中找出「祂來了」的端倪。叫到早餐店的小寶貝時，鏡頭被架在一旁，我暫時成為劇情的一部分，角色指令是每次都試著再問清楚一點，也順便和祂說自己最近要做些什麼、去哪裡表演。接著，離開畫面回到座位上，換顆望遠變焦鏡等待故事發生，掃描周遭問事、看手機與聊天的人。

每當我觀看，媽媽會在我耳邊補充每一位叔叔阿姨的背景：這位阿姨最近憂心孩子申請德國學校的進度、那位阿姨的孩子正在填志願希望神明幫忙、還有另一位孩子在軍中皮膚病嚴重，著急得都快哭了。觀察著這些，突然覺得自己市儈，他們的身體因為彎著腰提問、愛太多所以看起來懦弱，而我只是想要事業愛情兩得意。有人說痛苦無法比較，但總覺得某種程度上是可以的，至少我時常因為聽見別人的故事而感到慚愧，還能感到慚愧的我真不值得一提。

更重要的是，有次發現，好似不只在早餐店裡見過這群叔叔阿姨。腦袋浮現媽媽曾提過她對這些朋友的感激，畫面便一幕幕湧上——是外婆的喪禮、爸爸的喪禮，在我們家沒有餘裕的時候，他們都穿梭在其中幫忙。會不會一直以來感覺到的幸運，是真實世界中有人彎著腰替我點燈，才讓所謂的好運、神明或福氣有機會看上我一眼？

演出後的深夜牛丼

籌備已久的發片專場即將來臨，初期團隊只有團員與我四人，再加上一位經紀人，於是連後台訂飯、零食大小事都是自己處理。因此，團員間曾討論一話題：「什麼食物適合出外工作時吃？」

還得考慮到演出現場的飲食禁忌，包子代表出包、蝦子代表會有瞎事，一夥人討論著還開起各種諧音玩笑：「那刈包也不行，一樣是包。」條件甚至上綱至「漢堡也不行」，引起眾人噓聲表示太誇張。排除禁忌後才正式進入討論，有人推薦簡便的輕食或可以手拿最有效率，例如：飯糰、三明治……也有人提議，連鎖鍋貼店比較不會有剩食的問題，若問我，只要好吃就行，最重要的是一定要來杯手搖飲。

千方百計考慮了工作中的效率、過多碳水會導致精神不濟、預算問題……幾經壓縮後取得平衡，演出後台的食物得因地制宜，若辦在台北就直接叫披薩，辦在高雄就得要最好吃的幾家便當：梅家村、小西門燉肉飯、阿英排骨飯，最好附一杯奶茶。

幾次經驗下來，每到演出當日我的胃口通常不太好，除了緊張外，吃太飽會影響唱歌發力，養成了避免在演出前一個半小時進食的習慣。腎上腺素往往能讓我支撐到演出結束，直到離開場館才會感覺餓，只是晚上十點後，即使是人來人往的大街，往往也只剩連鎖店或超商還有營業，連鎖牛丼餐廳就這樣成為了我的庇護所。

牛丼這種食物很簡單，味道有既定的標準：滿滿的白飯鋪上牛肉片，醬汁沉到底部裹住米飯，每一口都符合期待也毫無驚喜，沒有多餘的事發生。兩小時前的我，為了蓄積能量而緊縮胃部空間，登台後，存在被瞬間放大，觀眾等著我施展魔法。但在牛丼面前的我，僅僅是個下班後的人，不需要再做任何決定、為任何人負責，可以隨便解決一餐，也能獨處。

第一次走進連鎖牛丼餐廳，是一個人從高雄到台北演出，利用借宿朋友回到家前的空檔享用的。那天下著小雨，台北凡到假日，平時不用等候的餐廳也會在週末兩天形成排隊人潮。我左移一步讓出餐廳出入口，右移一步不小心擋到了拿著傘的行人，不管站在騎樓哪一處都感覺卑微。店內座位緊鄰且小，走道設計僅容一人側身通過，我相當苦惱待會吉他該放什麼位置，才不會在坐滿了人的餐廳中顯得霸道。

我被安排坐進吧台位，正好吉他能靠在後方牆上，點了撲滿蔥的溫玉丼飯迷你碗，絕對不攪拌。像這樣二十四小時營業的牛丼店，是當時的高雄所沒有的，牛丼店形成了我對城市的基本印象。深夜時段的牛丼店，每個人都感覺疲勞，不發一語地盯著碗中食物，或是在桌上橫向立著手機看影片，鮮少有人打開筆電。被擦得過分明亮的窗、隔壁的廣告燈徹夜未眠、強光將人臉上的油光和妝容照得清晰……我偶爾會偷瞄身旁的客人，所有人都只是不囉唆地填飽肚子。

望著人人被照耀著的倦容，突然讓我感到安心，果真是城市才會有的樣貌。想起幾個跑到英國或日本去的朋友，漸漸也能理解他們為何喜歡在喧囂中游移隱身，遲遲不願回來。人是這樣吧，很多時候只希望自己是匿名的，並不渴望特別，下班後的男男女女偶爾會在車裡待二十分鐘才進家門、穿得再體面也需要一處能抽菸的陽台，這些空間不用大，有時是一座馬桶或一間浴室。我為自己騰出的正是牛丼店，那個隔壁的人離開時屁股就會不小心碰到菜單的小座位。

幾年來，我已能吃出同系列牛丼連鎖店的品質起伏。前年開始把醬汁比例調低、外送時不再將醬汁與飯分開、推出現場點火的壽喜燒後很快地又撤銷這項產品（我吃了），近一年則是因應夏天推出清爽的柚子蘿蔔泥口味（我也吃了）。直到最近，壽喜燒再次推出，改為在廚房點好火後才端出，點餐方式改為掃描條碼，還能自由選擇醬汁多寡。有餘裕時，我喜歡觀察飲食現場在推陳出新中的改變，有時是新的品項使服務生困擾、有時是顧客留戀於舊品項的提問。連鎖店相較於傳統小吃店雖更為標準化與扁平，但就算身處於扁平之中，人們的表情依然是真實的。

如同我這張臉，一向會用店內的紙巾擦去嘴唇上的口紅來宣告下班，那紙巾雖平滑、整齊對折收納於盒裡，可當它被彎折於嘴唇上時，反因為平滑而讓皺摺處產生更強烈的割裂感與不適。每次擦拭都得忍耐，牛丼店並非每次都庇護得了我。曾有老師對我說，要懂得隨時上台，也要懂得隨時下台，或許我並不是每次都做得很好。只要偶爾在下台後感覺委屈，就會連帶覺得那湯其實太鹹了、拌青菜的蒜頭太多、飯也煮得太濕了。說是庇護，更多時候是望著窗外招牌燈和小雨，問自己究竟在奔忙些什麼，如果人生能像牛丼一樣簡單可預測，會不會就不那麼累人了？

完食。牛丼從來不是什麼值得拍照上傳的美食，掏出現金、開啟載具、手機訊息跳出。我信步走往街上，回到自己原本的位置，戴起耳機聽社群上的演出片段標記。被雨打溼的空氣迎面而來，街燈照向騎樓，人人都試圖在深夜的台北找一個藏身之處。

踏進溫暖的捷運站後，這才結束將自己放到最大與最小的一天。

聽團仔

我在前往大港開唱的計程車上。

「你們那麼早來這地方，是要擺攤嗎？」司機小心探聽目的。

「嗯～不一定呀，擺攤的話就是提早來準備，表演的話可能是來彩排。」我四兩撥千斤，有說等於沒說。

「那你是來……？」司機丟出直球。

「我來表演。」結果還是說了。

司機說，他的年代要聽女生唱歌都只能去「藍色狂想」，像我們這種地下音樂他比較不了解，剛剛還誤以為我是擺攤的人，「不小心看低你了歹勢歹勢。」職業不分貴賤，我從來沒有覺得站在舞台上表演就比較高，更不敢說自己做的是地下音樂，這字眼對我來說承受不起，充其量只能說自己是在地上以音樂維生的人。

對大部分人來說，地下音樂是還沒被主流大眾所認識的音樂。那年我高一，吳宗憲在節目上介紹一組台灣樂團——Tizzy Bac。節目播出後，我用盜版軟體下載了剛剛聽到的〈鐵之貝克〉，上傳到後台編改程式碼後放上無名小站。在當時版權意識沒那麼高漲的年代，那是我除了五月天之外，第一次主動接觸所謂的「地下音樂」與樂團。

很快地，地下音樂成為過去，「聽團仔」才是近年流行的詞彙，經常用來形容在音樂祭出沒的人。早期還沒有聽團仔一詞時，人們都用文青來形形容，聽非主流音樂、喜愛閱讀、揹帆布包、拿底片相機……至今文青一詞也鮮少有人使用，頂多是拿來形容某種店面裝潢風格。而「聽團仔」並非如文青隱含著某種生活態度或品味，而是更接近一種自我認同，在「聽團」以外的時間，這些人是大學生、普通上班族，也可以是在社群很活躍的高中生。

當初的文青如我，大學選擇加入吉他社，當別人問起「你為什麼不加入熱音社而是吉他社」時，我總說因為熱音社又陽剛又吵，吉他社聚集的都是自認為比較酷的系上邊緣人，因此我比較想成為其中一員。不過這都是玩笑，後來自打嘴巴，我也成為了發出吵鬧噪音的人。當時學長姊們聽什麼，我就跟著聽什麼，從滅火器、１９７６、草莓救星、阿飛西雅……到P.K.14、Yuck、Wilco。每個週末，哪裡有表演就往哪跑，就這樣成了一個「聽團仔」，把大部分打工賺來的錢花在看表演上。在高雄看不夠，當喜歡的外國樂團在台北或音樂祭表演，就搭客運跑到台北看，看完再搭夜車回高雄，就算是四千多元的門票也下手，瘋狂到常被媽媽叨念。後來，看表演不再能滿足我，便自己辦起活動、邀喜歡的樂團來學校演出。

沒想到轉眼間，近年樂團圈的熱門話題之一已是：聽團的終點是K-POP。回想當時若也有這樣一句話來形容聽團現象，應該會是「聽團的終點是玩團」吧。學生時期浸泡在樂團文化中，直到人們的道路開始分歧，某些人對於樂團該如何「經營」有了一套自己的觀察後，開始不甘於只是看看表演。吉他社就有四個學長先開始組起樂團——孩子王，有別於吉他社常有的「重唱」組合，孩子王則是四人編制的搖滾樂團。初期，他們什麼演出和比賽都參加，吉他社一行人也幾乎跟著他們到處跑、順便社遊，需要海報就找設計系的學長，我則是幫忙拍拍照、做些雜事。

做著做著，竟開始覺得，或許自己也能寫點什麼，還有一部分是跟在這些學長身邊，莫名的好勝心作祟，不甘於只是沒有名字的小妹，便在大四畢業前試著寫下第一首歌。畢業後，一邊打工一邊累積歌曲，邀了系上聽說會打鼓的同學，與孩子王吉他手，三人一起辦了一場小型音樂會。

後來真正開始「表演」，是三人大膽地安排了北中南巡迴，甚至也已經有了將音樂祭演出納入巡迴站點的概念，我們便開著鼓手家的車到台北月見君想、南投黑熊部落、高雄百樂門演出。當時沒有經紀人，也沒有專人協助打理行程，每場演出都是自己去談檔期、自己宣傳、親自扛器材，有時朋友們會來幫忙充當工作人員，演出後再用剩餘的票房收入請他們吃點宵夜。

幾年來，我常在深夜裡回播觀眾拍的影片與動態，雖然日子過得零碎、窮得要命，但知道自己正往某個地方前進：樂團、創作、演出、錄音、發片……努力打造名片，那日子至今回想起來依然無悔。

下了計程車，大港的舞台就在前方，我把吉他從後車廂拿出來時，司機還特地說：「能載到你是我的榮幸。」我笑著道謝。走進後台，工作人員來來去去，如今我也是進入工作場合會板起嚴肅臉孔、成了一個對工作態度與事情有諸多要求的人，想到稍早司機隨口說的「榮幸」，才發覺應提醒自己時常對人掛上笑臉。一切都不一樣了，同儕間玩樂團的生存方式也漸漸分裂，人們在變與不變之間走鋼索，一邊拍攝短影音、對著無孔不入的鏡頭演出自己，一邊試著抱持舊時情懷，守護越來越少的真性情與酷酷的態度。

正中午，來看表演的人比想像中還多，有人穿著淺堤周邊的T-shirt、有人拿著毛巾，也有人被太陽曝曬著靜靜等候。心裡明白在這個快速輪轉、資訊爆炸的時代，要讓人停下來聽一首歌已是種奢侈。但是我仍然只能是我，若有人因此有所收穫、記得唱過的句子、寫過的字，便是榮幸。

站在舞台側邊，團員總是喜歡臨時才決定圍成一圈喊加油。耳機裡傳來倒數的聲音「5、4、3、2——」，想著自己曾為了克服緊張而報名的課程內容，以及來到這裡以前的每個好不容易，深吸一口氣：謝謝那些曾經拉我一把的人、感謝過去那個拚命打工存錢看表演的自己。

此刻的我，享受著高雄正午的陽光，開場音樂與觀眾尖叫聲交錯，我們發出聲音。

偶像是……？

我一直都很著迷於「演說」，喜歡作為一個聽眾，被台上的一盅十全大補湯灌得精神飽滿，一邊覬覦將剩餘價值打包帶走的瞬間。我們Y世代的流行是《康熙來了》、《娛樂百分百》，是即時通與無名小站。那是個父母一忙起來，就會把孩子一個人留在家的年代，許多人的人生參考範本並不多，受到電視上名人的影響程度，或許不亞於父母和老師。

鄧惠文正是我其中一個人生導師。

二〇一〇年，電視節目《非關命運》邀請鄧惠文與唐立淇（現名為唐綺陽）等人來談論神祕學與人生課題。我每晚都會在電視機前等候播出，藉著彩油測驗、星座來了解自己，更期待能從鄧惠文醫師的觀點中得到啟發，看她說話，彷彿就能想像自己長大後理想中的樣子。後來節目停播，依然能從網路文章、書籍、選舉、電台節目見到她身影，直至去年為止她更因開設線上課程而活躍。聽鄧惠文自性別談到家庭、從她自身的婚姻到教養問題，我也從一個女孩，換位成再不生子就要來不及的成熟女性，品味著變老與更深層的人際關係。

有次高鐵北上，車廂人滿為患，那陣子經常南北奔波，音樂成了我既愛且負重的選擇，讓人經常累得無法思考。戴上耳機準備用餐時，卻意外地瞥見一個身影：那是鄧惠文嗎？我像鴕鳥般扭著脖子偷看，心想機會難得，待會是該鼓起勇氣上前搭話嗎？打開手機備忘錄，打算先擬好草稿才不會顯得唐突慌亂，但她帶著孩子且不停接電話，若被認出也許會感到困擾？可我真想好好地感謝她。

後來我才發現自己認錯人了。想法最終沒有化為行動，手機亮著、備忘錄空白一片，僅是輸入了「假如遇見鄧惠文」七字。

一直覺得明星或榜樣的意義是——因為欣賞，所以我想變得和你一樣。這或許是種驕傲，但那當下，我認為若彼此能在更適切的場合中遇見，會比唐突告白來得更有意義。如今選擇以文字表白，並非因為自己已成就非凡，身為Y世代，我們的浪漫從來不是躺平，而是像當時流行的日本節目《校園瘋神榜》那樣，做什麼事都喜歡把一群人拖下水。在此，也請容我厚著臉皮站上頂樓向喜歡的人告白。

親愛的鄧惠文醫師：

謝謝您陪我長大。時常聽您在大眾面前分享與家人的關係，以及在關係互動裡的體會與省思，這些談話都持續帶給了我許多力量，甚至讓我抱著這些想法去影響身邊的人。

二〇二一年春天，您曾到高雄總圖為新書做演講，那天我怨嘆自己為何忙碌於工作，沒辦法去聆聽，哀怨的心情在那陣子也時常擴張到生活其他事上，因為太累了。也就是那天，我以為在高鐵上看見您，雖然是烏龍一場，但霎那間我停了下來，試想每個人都有看不見的痛苦和喜悅，包含聽您談話，我應盡量平常心去感受一件普通的事情正在發生，作為一名觀眾，我的責任是要讓名人真實地存在。

我曾在需要求助於心理專業協助時，先依循著您以榮格為基石的分享，尋覓到有相關研究背景的心理師一起合作。後來合作告一段落，這幾年過五關斬六將，就算出現難受的時刻，也確實培養出了新的行動與回應。在寫這本書時，無意間打撈出很多本來以為「沒事了」的回憶，有次，我藉機回頭看了四年前您在高雄那場演講的影片，關於那段您被母親回應「比狗還不如」，隨後傳訊息給妹妹討拍的趣聞，給了我一個空間反省。

我明白自己在創作的過程中，也不乏有討拍的時刻，甚至早就隱隱地憂慮著，可能有人會從我所寫的文字裡感受到怨苦，被指責是個不懂事的老小孩。但又想起了您的幽默感，那口怨氣就稍微舒解開來，人生就是活得坑坑疤疤不盡人意，能覺察時就回頭看一看，過去也就讓它過去。

我願意再往前去看一看我所嚐過的好有多好、恨不能多的有多恨，然後拿出來讓人笑。謝謝您陪我長大，今後也請繼續和我們一起變老。

用不上的冬裝

今年高雄一月，創下五十二年來最低均溫十七．二度，雖氣象專家這麼說，但正中午穿著毛衣出門遛狗，依然會滿身是汗、曬得臉頰通紅。這次趁著過年，一口氣在高雄待了兩週，仗著春節名義暫時拋下不事生產的罪惡感，每日閒來無事，不是追劇就是進食。

準備北上開工這天，聽說台北又濕又冷，高雄的太陽卻依舊像家裡的大狗，過度熱情地闖入，我百般不願地躺在床上吶喊。

「如果台北也每天出太陽的話，我也許就可以接受。」起身之前我對伴侶說。

「我只在乎家人，在哪裡都可以，下雪也可以。」他說。

「那為什麼不能住在這裡，然後在隔壁的超市打工就好？」我透過問問題，來確認自己。

「因為要追求更大的世界啊。」他鐵打般的堅定語氣，反讓人覺得未免太不真誠、過於刻意。

脫去整個年節賴著沒換洗的睡衣，空氣中瀰漫著鞭炮與香的味道，光束中的落塵隨動作揚起，打了一個噴嚏，著裝完畢。

年節間，某次在遛狗時聽聞朋友的朋友說，他在高雄鄉下幫媽媽開了間自助洗衣店，生意因母親喜歡舉手之勞替客人摺衣而大好。我想起不久前與台北朋友抱怨洗衣都曬不乾，因而得知不少台北的自助洗衣店都早有人工摺衣服務，而此時的高雄反倒能做起資訊落差的生意。像這樣的差距，是否就是所謂更大的世界呢？

我的差異，是變得能接受自己晚一點抵達目的地，不管是要轉兩次公車，還是冒著雨找不著停車位，反正只要能抵達就行。台北市的交通，機車上了人行道就得老實用牽的、等紅燈超出停止線會收到檢舉罰單。開車的話，只要稍微靠右打上方向燈，周圍機車騎士便能快速讀取空氣，替自己規劃路線擠入縫隙，人們無聲且默契地遵守同一規則，彷彿這座城市的人都相信舉頭三尺有取締。台北的秩序為我的急躁提供教材，在一閃神就會撞到人的捷運月台上，我擁有隱身穿梭的天賦，能在轉乘時像隻在樹林低飛的鳳頭蒼鷹，分秒不差地與人擦肩而過。

高雄的秩序則是混亂本身，有份難以計算的衝突美感，當轎車漸漸靠右準備轉彎，以為後方騎士會一如往常地向內側靠時，誰也沒料到遠方機車道上的阿伯堅持不讓，甚至在快撞上時狂鳴喇叭以宣示主權，狠瞪著車內駕駛直到視線跟不上。身邊的台北朋友凡到高雄開車就會被嚇得路怒症發作，我雖也不認同這樣老是針鋒相對的用路習慣，但不知怎麼地，移居台北後再回到高雄，竟很享受這城市帶給人的節奏感，平時被穩定壓縮著的動態，好像都能解放開來。不過，這些觀察或許都只是出外人自以為是的包容，畢竟「住最遠的孩子最孝順」正是在諷刺像我這樣的人。

食衣住行，最幽微的莫過於味道。早些年還未在台北有住所時，常因工作被困在北部一段時間回不了家，那時只要能偷閒吃到一碗像樣（不淋醬油膏）的乾麵，一股酸楚就瞬間從喉嚨通過鼻尖、往眼眶湧上。移居後，原本的抵抗幻化成隨遇而安，畢竟改變不了漂泊的事實，味覺資料庫姑且試著為台北騰出一個位置，口袋名單漸漸收入被南部人認為不像樣的鹹黑系滷肉飯、加了柴魚片的羹。直到某次在南部突然嚐出人們說的「南部食物偏甜」才感到錯愕，那一口甜提醒了我已悄然成為一個他者。

原來我們唯一的鄉愁
就在腳踏的土地上
因為真切而不夠浪漫
卻是永遠的愛戀和承擔
——詩人吳晟〈我們也有自己的鄉愁〉

多年前，李安導演在訪問中被問及：「導演認為，您拍的是美國電影還是台灣電影？」他說當然是台灣。島上的人是否太害怕被遺忘，所以才要不停地問這類問題？朋友曾形容，我有著到哪裡都能輕易成為當地人的特質，但此刻身處其境的我，在變化中惴惴不安，期許自己海納百川，同時也深怕見了世界之廣而變得目空一切，一下子被指控為遺棄故鄉的人。

前陣子，因申辦租屋補助，將戶籍從父母家遷出，看著身分證上還背不起來的新戶籍地址，心情就像第一次嚐出南部之甜一樣複雜，感嘆著原來存款只是一串數字、戶籍不過是一份證明，其餘的意義皆是附加的。我成了一捆棉線球，線頭一端被更大的追求給拉出本體，而本體被拽到地上，任由它與微生物纏綿。棉線依然是棉線，材質不變，但一頭是減，另一頭是加；一頭失去形狀，另一頭則為世界所用。

我挪用父母的故鄉作為自己的，長大後再次返回印象中的七美，才發現母親並不特別眷戀、發現自己無法再以島上的「什麼也沒有」自得其樂，名為鄉愁的泡泡幻滅，卻依然留戀與感傷。初離開高雄到台北工作，就算冷了也說不冷、看見差異卻不願說，港都如同養育的父母，盡說好話不對，盡說壞話也不對，有矛盾，亦感謝。

這片土地上的人，有人一輩子未曾遠行，也有人選擇漂泊，將路走遠，於是我們站在岔路口一次次地選擇，不斷重新定義自己。鄉愁不只屬於個人，它也是一代代人面對時代變遷的縮影。

偏偏我戀家又好強，想像那阿伯惡狠狠對著鄉愁一瞪，直到視線跟不上。鄉愁是雖成為過去卻仍在地上滾動著的鮮活思念，而我仍想踏上更廣闊的土地，讓線頭一端變得糾結複雜，親眼一見工商社會之外，是否有準時與勤勞並非美德的地方？去看見自然和宇宙埋下的線索，眺望人類的無知與智慧。去見識出走不是只有享受，留下並非僅有承擔，我要看著恐懼直到不再害怕遺忘。

在三月唱一首歌

三月是特別的，天空會在三月五日左右響出第一道雷，喚醒土裡冬眠的生物們。雷聲震動的不只是大地，連空氣中的氧氣與氮氣也隨之轉化，成為植物的養分。我養的茉莉花，就是在此時開出第一朵花，這是我喜歡春天的原因之一：生機盎然，似乎能暫時離死亡遠一些。人類也是，在寒冬中蟄伏於溫暖處，直到噪音響起才接連浮出水面，如春酒、音樂祭……人們手捧著酒杯相互敲擊，這是喜歡春天的第二個理由：在聚會上確認掛心的人都還好好的。

春天，總是流特別多眼淚，為慶祝熬過寒冬而流、為新生的喜悅而流、為不復存在的痛而流。

某一年，我和樂團到濟州島演出，像台灣的貢寮海洋音樂祭一樣，將舞台就地搭建在沙灘上。我們下榻的飯店位在舞臺對面的轉角處，飯店大廳與轉角人流盡是剛戲水上岸的大人小孩。我對飯店門口的景象尤其深刻，她是朋友的朋友，頂著一頭亂髮坐在矮牆上抽菸，旁邊還有個泳圈，說是剛結束游泳。問她游了多久，竟是從早上就下水到剛剛，來自高雄的我曬怕了，不太理解烈日當頭怎會有個可愛女子願意和紫外線共度整個早上，或許是首爾離海太遠的緣故，也可能是她真的與別人不一樣。

她也是個音樂人，單眼皮，故鄉在全州。聲音有磁性、笑聲大、臉蛋白皙有些嬰兒肥。她笑聲豪邁得像個孩子，最後一次在韓國碰面時她拄著拐杖，因為一個人跑去越南騎機車摔斷了腿，前一天則是舉著腿醉倒在打烊後的舞台上。她的生日正好在春分前一天，因為韓國人注重輩分與年紀，我從不敢問是哪一年的春分，直到她來台灣表演時，酒酣耳熱下才得知彼此都是一九九三年出生，確認好距離以後，才用學姊的口氣開玩笑說：

「那你要叫我언니（姊姊）囉。」

人很有趣，一但知悉出生的年與月相近，那份親密感就如同是在正式場合中摘掉墨鏡與帽子般赤裸，彼此顯露意願，認證你我是超越國界、不可化約的共同體。

認識幾年後，疫情席捲全球，社交軟體上沒有更多事發生，僅是問候生日快樂，以及你那邊還好嗎。二〇二一年友人傳來訊息，說她昨晚在自家驟逝，那天恰巧是她生日。我反覆查看她幾日前的貼文，應該是意外吧，還在準備新的作品，不可能捨得睡去。但雙魚座的女孩總是這樣，有種危險的古怪氣息，我偶爾會想，春分是個白天從此比夜晚長的日子，或許她還是喜歡夜晚多一點，所以將最後的一切留在春分以前。

回憶也是屬於夜晚的，想念和時間互相抵抗，能形容她的句子變得越來越短。我不再輕易地點開她的歌來聽，因為已經沒辦法等到下次見面時炫耀：「我很會唱你寫的韓文歌喔。」

在她離開過後，首爾不再是原本的首爾，我至今仍無法參透，人們的轉變與臉上的表情是否都與她有關？或其實隔著海的友情皆是如此，一期一會，只因我們在各自的時區經歷了太多，千言萬語透過翻譯的網揀選後往往只能剩下：「好久不見，都好嗎？」「別說了，先乾杯。」「我的朋友，真想你。」「我也是。」

三月也是仁慈且幽默的，緊接在後的清明悼念著走不完下個四季的人，藉由清掃故居與領地，讓句子變短的人再續前緣。雖然我不曾到訪她的故鄉，卻隔著海寫了一首歌，只在春分這天響起。

如果可以
我會模仿你
笑著唱When you singing "Is This Love"……

今年春天，朋友群裡的第一個寶寶誕生，我與團員在演出中唱了〈禮物〉送給她。孩子乳名為小葵，聽聞出生時因卡在肚子裡太久，不小心將排遺吸進肺部，出生後隨即送進加護病房照護。事後朋友描述生產狀況，似乎情況相當危急，並不如想像中溫馨，寶寶出生時因吸入異物而沒有哭聲，為了把握搶救，醫護人員也沒有餘裕把孩子抱到身邊讓雙親看上一眼，幸好最後一切圓滿，順利出院。到月子中心探望孩子時，看見小葵在保溫箱裡睡得安穩，背景音樂是同寢室的室友哇哇大哭聲，朋友邊說稍早拍攝寶寶寫真時不哭不鬧，且吃飯像爸爸一樣又大聲又快，實在令人哭笑不得。

看著小葵，想到朋友經歷的辛苦與我們認識至今所發生的種種，不禁眼眶泛紅，但為了避免自己變成過分入戲的阿姨，我像在山路暈車時的乘客那樣直盯著保溫箱，試著找些其他資訊來轉移注意力。

小葵，或許你長大後並不會記得或知道這些與你有關的事情，這些紀錄是寫給你的爸媽，還有我自己留念。我要很小心才能避免和你娓娓道來他們生你時很辛苦的故事，我會注意使用各種字眼，但若你傷害了自己與家人，我就會威脅你：『最好對我的朋友好一點。』或是你有苦難言的時候可以來找我。以後我和你爸媽可能會變得生疏，奇怪的依玲阿姨或許就只是個轉行去賣麵的，不再是個唱歌寫作的人，你也會有轉變與挫折，不過以上的話你都不用聽進去。只要記得，在這個春天，有許多人期待你的到來，這個世界形容你的句子將會越來越長。

三月的風帶著冬末最後的涼意，混合著青草與雨後泥土的氣息。春天的正午能騙人少穿一件衣服，日落後的寒風也有本事讓人心生遺憾，而我還在這個起伏之大的季節學習調節生命的溫度。

褲管游擊

多年前公司發放新制服，同事們像女高中生一樣想在制服上動手腳，修點腰身、改短衣長來讓身形比例好些，某位同事找到一間在高雄新崛江裡，聽說技術精良的修改工作室。

工作室位於「原宿玉竹商圈」中，一個裝滿我青春期回憶的地方。原宿以玉竹街為主幹道向外發散，和外人所熟知以文化路為主的新崛江不同，文化風格也相當迥異。玉竹街雖同屬新崛江範圍，但兩大商圈正好被五福二路隔成兩區塊，因此還是有些差別。

九〇年代的高雄，新崛江的巷弄是次文化的流竄地，如同台北西門町。

文化路一側是早期觀光客的逛街區域，商圈中有影城、潮牌店、拍貼店、連鎖品牌商場；玉竹街那端則是分布了刺青、泡沫紅茶店、街舞教室與理髮廳。十幾歲的我，大部分時間只敢在文化路一帶遊蕩，因為玉竹街那端的泡沫紅茶店與街邊，總是坐滿了跳街舞與刺青、抽菸的男女。儘管高中時我曾鼓起勇氣闖進玉竹街的街舞教室上課，還和酷酷的女老師一起坐在泡沫紅茶店裡喝著紅茶豆漿，卻仍覺得自己這種乖乖牌顯得格格不入，那些抽菸、跳舞的女孩們，似乎比我還更屬於這個城市。

而修改店正好位於兩間泡沫紅茶店的中間巷尾，自從有了修改公司制服的經驗後，我也開始頻繁地往那跑，近年的玉竹街已不如以往人山人海，我會直接騎著機車進街，偶爾在紅茶店悠哉地吃碗鍋燒麵當下午茶。對於長大後竟可以不再畏懼地穿梭於玉竹街，甚至以它為日常，有種媳婦熬成婆的暢快感。

修改店從門口望進去有四台裁縫車，我喜歡找入口處那位阿姨，一進門便會親暱地拉長聲音喊「阿姨——」，尾音長短則會視取件的緩急程度而變，有時幾天後就趕著出國或北上工作，尾音就得先加長，緊接著快速切入重點：「我要改褲長而已，歹勢有點趕，週五前有機會拿嗎？」阿姨人親切，會先問需不需要試穿，再用留姓名、電話的原子筆在日曆上比劃，彼此沉默一陣後，再告訴我最佳取件日，進入協商。有時若不急著拿，尾音即是短短一聲問候後，靜候阿姨發聲。

離開前她會順口問我要去哪裡工作，不過往往幾句話就將話題收尾，我喜歡的正是她從不越界、不評論衣服美醜好壞，也不探問隱私，最重要的是她總是將衣服收邊收得乾淨，且看不出修改痕跡。有次，一件令人棘手、過大的厚外套，得將兩手袖子拆下，幾乎要等比例將衣長、袖長各修一些才能合身，阿姨仍能完美交卷，手藝堪稱天衣無縫。

後來，頻繁往返台北工作，曾試過不同的修改店。一間在公寓住家裡，得要按門鈴上樓，另一間則與咖啡店比鄰，可惜我只分別光顧一次就放棄，不管是哪間，總覺得各個環節都差了一點，並非是修改褲長這樣的小事就足以令人困擾，而是對於找不到一間能像玉竹街阿姨那樣好好往來的人感到遺憾，雖說不上「好好往來」需要具備什麼條件，或許是人們說的氣場或頻率。有些人像是眼中只有交易而無其他，有些人則是界限模糊的談話大於專業，但玉竹街阿姨卻這麼剛好，總是說「應該可以」，骨子裡卻散發老練的底氣。

搬到永和後，有次網購的衣服寄到後幾天就要出國，我著急地在Google地圖上搜尋附近能收急件且仍有營業的修改店，打電話確認後便火速前往。一進店，一位阿伯以掌櫃之姿面向大門，另一位阿姨則戴著眼鏡在一旁的小燈中工作，空間能一眼望穿至深處的客廳。阿姨說馬上就能改好，要我在一旁等候，阿伯開口問我從哪裡來，一時不曉得他在問的究竟是街道還是城市，便直覺回答：「我高雄人啦，剛搬來永和。」夫妻倆接著有一搭沒一搭地丟話題，聊我的職業、聊在外地生活不易，我也好奇問起修改衣服是否是很傷眼？想起小時候大姨與外婆也在替人修改衣服，以及我所見過的修改阿姨們，無一不在白光燈條下戴副眼鏡、低著頭。夫妻倆說傷眼倒還好，苦惱的是這行已經沒有人要做了，阿伯舉例服裝設計系的學生畢業怎可能願意來做工，再請不到人就要把店收一收了。

「不要收啦，我發在網路上找多一點人來改。」我撒嬌地說。聊著聊著裙子也就改好，發動機車離開。

「要增加在一座城市的歸屬感，就是找到一間改衣服合適、價格公道，偶爾也願意接急件的修改店。」離開後，在臉書上分享了這段話，沒想到引來許多女生朋友的共鳴。

回想情急之下給阿伯的一句自我介紹，資訊中涵蓋了認同、移動與此刻的處境，這才意識到自己的心還沒有在異地安頓下來，一開口就要向人報上身世，像明顯狀態不好才會在small talk中過分認真的人。除了大姨與外婆，我也想起早期在高雄加工出口區的女工們，與電影《風櫃來的人》裡頭的小杏。小杏和我一樣，最終都移動到了台灣最繁華的地方。

流行變了，褲管在不知不覺中一截一截地變長，現在布料垂墜於鞋面更好看。過去那些修改過的褲子已顯得太短，我一口氣扔了過時的舊衣、添購新的，修改自己好去貼合城市的身形。玉竹街阿姨也變了，她曾好一陣子不在，說是要回家照顧母親，我恰巧是那陣子離開的，復工後再回頭找，她已是個衣服案量滿到兩週後的人。

從褲長來感受自身是如何以佔領的姿態，來戰勝格格不入的難耐，但無論是拖著褲管或露出腳踝在城市中游擊，發現自己終究是過時的女性。我依然拎著褲子在尋找新去處的路上。

寫歌或寫字皆如同我愛的登山……
伴隨一次次地醒悟，
人類終將藉由肉身
來感受自己的存在，
進而見證世界的廣闊。

輯四

我們的意義是航行

像孩子一樣發出聲音

近日報名了發聲課程——林克雷特聲音系統。這套系統相信，人原生的聲音存在著獨特的潛質與動能，但是人在社會化的過程中，會隨之失去放鬆發出「原聲」的能力，因此減法比加法重要。它協助了許多演員與劇場工作者找回「天然不費力」的聲音，比方說，我們從沒聽過嬰兒嚎哭一小時會沙啞，那為何人會變得只要說太多話就感到疲倦？

我聲音的失控現象，在前年至去年間變得明顯。演出時，身體肌肉會僵硬到無法控制，最後連唱歌也進入一段長時間的「翻車」期。當意識到事態嚴重，是樂團去錄了一檔樂團選秀節目，我看了兩次網路直播，失控的聲音都被完整收錄，放送於電視和網路上。剛開始，單純猜想或許是太緊張的緣故吧，後來再思忖，大概還有攝影棚冷氣太冷的關係。

不幸地，離開節目後便再也沒有藉口，發現自己竟在演出現場也有同樣症狀。就算努力將音準撐到安全下莊，心中仍然隱隱感覺那聲音並不是我的，像隻被掐著脖頸的鴨子。我想，那就先換回以前習慣的麥克風試試，除此之外實在沒轍，只是一心思索著：要想辦法克服才行。

說到歌唱課，幾年來我曾拜師兩次，第一次找了音樂教室裡的老師，是傳統的吊嗓子練習，解釋頭腔、胸腔、面腔……再選一首喜歡唱的歌，從咬字開始調整、不停地唱某個音與某字，時而跟著鋼琴鍵盤暖嗓；第二次則找了一位學聲樂出身的老師，我們會約在空曠的公園上課，收費不便宜且一次只上半小時。那陣子真感覺自己的聲音有些變化，但每次上課都會忍不住想「又花了好多錢」，很難不將重點放在效率上，可身體的事偏偏需要時間，因此在沒有系統的學習過程中，經常一知半解而挫折感滿載。

我深知自己必須透過系統性的「心法」來學習，而非將嗓子當成機器般操練，赫然想起樂團朋友之前推薦過的課程，如今無論什麼方法我都願意一試。

上課第一天，每個人都要負責向眾人介紹隔壁同學，先透過幾分鐘聊天取得資訊，隨後替對方「自他／她介紹」，這才發現，一個人的姓名藏著許多機密。在台灣文化中，多數人的姓名是算命來的，有為了子嗣而取的招弟、招妹、再添，也有忠於基督信仰的恩、典、慈，且在輪流介紹下，還發現班上同學各個身懷絕技，除了劇場演員，還有歌仔戲演員、配音員、詩人。

接著，老師要我們席地而坐，進入第一項練習：閉上眼睛，回想六、七歲時的家中餐桌，以及那張餐桌上的聲音。

我回想過那張餐桌多次，但確實不曾注意過其中的聲音。在引導之下，腦海中的聲音像是被旋鈕轉開，由小變大，眼眶跟著變得濕潤，餐桌上的聲音只有卡通與我，母與姊都壓低著聲音說話或沉默，我的聲音則像極了城市裡的夜鶯，羽色黯淡，卻清亮得能劃破天際。旅行一路引導至十五、六歲，那時搬進了現在的家、經過第二次變故，我陷入了失語狀態。時間最後推至剛出社會的自己，像水流過大的水管被刺了個洞一樣，我的聲音正從那個針一般的孔洞噴出。

張開眼睛，老師要每個人都說話，有些同學在分享時難忍激動，輪到我時，在以為微不足道的分享環節，情緒卻仍誠實地一併湧上。老師在長達六小時的課程中，除了一一回應，她還身兼傳遞信念的責任：「我的任務就是要說服你們，不用再更努力了。接下來我會教你們如何積極地放鬆。不是努力放鬆，是『積極』放鬆。」

林克雷特系統其實是盛行於歐美多年的專業表演方法之一，結合了科學知識及基本解剖概念。老師向我們介紹人是如何發出聲音：從慾望的源頭，經由脊椎傳遞至橫隔膜，橫隔膜下放、回彈，沿途氣體經過許多身體器官，最後經由口腔到唇齒發出聲響。

為了人體骨頭構造，我們也練習雙腳站立並閉上眼睛，站穩腳底六個立基點後，用想像的內在鏡頭掃視全身骨頭。感覺站了一小時之久，起初渾身不舒服，腳麻、頭重，且從早上踏進教室開始就一直覺得肩膀又緊又痛，現在更不舒服了。直到放棄掙扎，將注意力放回老師引導聲中，現在內在鏡頭跑到了橫隔膜處，往下看骨盆的位置，再一路往上……沒想到，最後在眼睛張開前，肩膀就這麼鬆開了，是前所未有的鬆軟。

此外，課程中還有個相當重要的一環：嘆息釋放。用嘴巴呼吸，並深深地嘆氣，不再將任何壓力與情緒積累在體內，而是練習隨時都能將它們排出。起初我做得並不順利，直到老師說：「不要眷戀，你還有。」

「上次做完骨頭練習後，我發現肩膀鬆開了。」我在課堂上這麼說。

「是的。很多人會把情緒積在肩膀上，這就是為什麼shoulder的字頭是should。」老師回應。

有時，我會想像那些氣息瞬間撫過身體，由後腦勺往肩頸掃去。只要哪裡不舒服，我就讓氣息掃出去，坐捷運、騎車、寫作時，都經常隨地做大大小小的嘆息釋放。以後在哪裡遇見，或許就會見到我不停發出哀嘆聲。

一個月以來我們還認識了薦骨、像孩子般發出無意義的聲音、最後念出準備的獨白，從練習中一再去指認自己身體裡純淨的部分。第一堂課後的週末，我在演出時發現聲音回來了，像是從灌滿水的水管裡湧上，後來，還完成了近一年來，感覺最自在的一場大型表演。

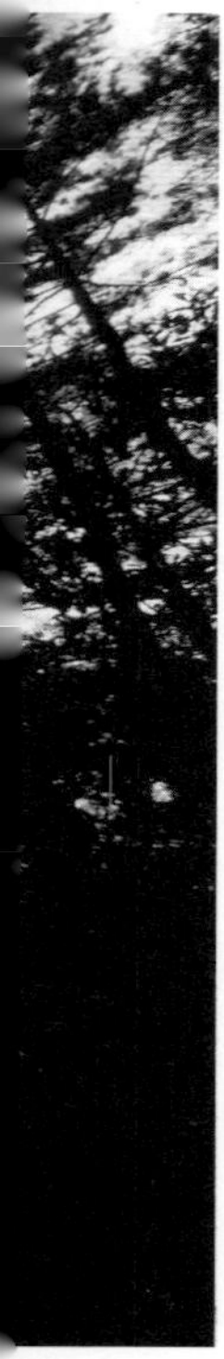

我不停想到電影《駭客任務》——人類不知不覺地被困在一個由智慧機器創造的「母體」。我驚訝於人的大腦意識，真的可以帶著身體去到任何地方——如同曾在歌曲中無意識地寫下「你可以去任何地方」。對世界拋出了這句話，或許都是為了讓自己有一天可以拿來體會，比起給人答案，我似乎更喜歡成為一個容器，有時就這麼寫出自己還不知道的事。接住訊息、傳遞訊息，宇宙如此浩瀚，人類能做的最偉大的事情也僅僅是體驗，並且持續發出原本的聲音。

職場中的友情

高三畢業後，我馬上就投入職場打工，在一間連鎖日本料理店當服務生。初出茅廬，連客人問有沒有「おしぼり」（熱毛巾）都聽不懂，但基於對服務業有熱忱，我特別喜歡在人不留神的時候將細節打點好，因此學得快。在一個暑假內就從外場服務人員做到「菜口」，那是連結內外場的橋樑，當客人點好一桌菜後，品項就會從機器列印出來。首先，要判斷菜色的繁複程度，並依此大聲喊向廚房各崗位上的人，像是烤魚這類需久候的料理，最好一出單就要親眼確認魚已經被放上烤網。菜口還是最後一道把關的人，當師傅將料理送上菜台，我需協助檢視是否有異狀，最後擦去盤上多餘的醬料。

真正困難的並不是工作本身，而是觀察內場師傅們的臉色，廚房忙起來就像打仗，一兵一卒都沒好臉色看。內外場經常是對立的兩方，若外場遭客訴、菜慢了，皆唯內場是問。我很幸運，打工初始就意外得知負責快炒區的師傅也是澎湖人，兩邊的海口性格恰好有管道發揮，彼此相處還算融洽。他們說我是文青，試著和我聊音樂或書，快炒師傅會在上班時播放伍佰與小安的音樂、一邊讀六法全書準備警察考試，其他人則時常練練刀工或抱怨另一半。只是就算感情好，我也幾乎不在工作外的時間與同事私約或交際，直到快離職了才逐漸一起在下班後喝酒、吃宵夜。

大學後，轉往咖啡店打工。咖啡店座落於市區中昂貴的透天厝區域，常有氣質高貴、開著名車的客人造訪，我喜歡記路，便會順便記住附近能洗車與汽車美容的店家，也會記店裡播放的音樂名，好讓客人一旦開口問就能應答。

正職同事皆是老闆的朋友，或許是我本不喜歡在職場上與人有過多糾纏，也可能是隱約感受到雇傭關係中，似乎有著超越一位大學生所能理解的複雜。我一直是禮貌性對答，只要逮到機會就看書，幾乎要把店裡書櫃上的書都讀過一遍。不過，也並非總是這麼正經，偶爾碰到帶著不同女子來訪的男客人，也會和同事一起在人前假裝鎮定、人後議論八卦。

離職時機到，是因為接連兩位同事都太嚇人，前一位問我要不要玩德州撲克，以後想開咖啡店的話賺錢比較快，下一位也不約而同拐彎問我要不要去賺點快錢，老話一句，以後想開咖啡店的話比較有效率。當時對咖啡店充滿想像的我，卻覺得幻想破滅，怎麼在營造美感的地方這樣庸俗。回想起這段往事，只怪當時自己的幽默感不夠，或許和他們再多聊一些，現在就不用努力做音樂、寫書。

開玩笑的，都是過去的事了，至今我仍對老闆心懷感激，給予不少自由與彈性，他總說：「沒客人的時候可以輕鬆一點，這裡的書全部都可以看。」他不曉得我真因為不想和同事聊天所以全看了。離職後，因為彼此在高雄的家住得近，我曾幾次在住家附近看見他，事後以訊息簡單問候，他也會在我發作品時傳訊息表示好聽或是在貼文按讚。不與同事做朋友是為避免內耗，職場上難免要在各類議題中選邊站，討厭哪個主管或哪個群體……以共同的敵人來維繫感情。一旦知道同事因夜夜笙歌而耽擱，或最近失戀導致失常，考慮了太多情感，我便容易對他人同理或有主觀評價，連帶影響自身心情與決策。

全職做音樂前的最後一份工作，是在文化園區當導覽員，一待就是七年。甫入職，同事很快就感受到我有自己的固執，用不上的東西沒辦法硬是跟著團購、聽人說話的時間多於分享私事。一日，同事在空檔中向我丟了直球：「感覺你想跟我們保持距離？」而我仍時常糾結於如何維持界線，同時讓自己有與人相處的機會。

工作本身則相當有趣，導覽從室內至戶外全程約莫四十分鐘，各種樣態的團體都有，里民出遊、文史團體參訪……散客是最有趣的，每個人到來的理由不同，但人們皆會在大幅歷史相片前停留。此時，正是出手的好機會，如何快速抓住某個人對特定事物的好奇，循序漸進向他們拋出故事是一大學問。我曾遇過一位男大生，在聽了故事後因太感傷，突然嚎啕大哭了起來，一方面覺得有成就感，另一方面又因哭聲太大而難以忍住笑。

能做全程導覽是基本要求，接下來才會分派到各個崗位輪班，通常是售票、結帳等與錢相關的事務。所有崗位中，我最喜歡「跑船」——打理遊艇內外、驗票，像是空姊加上地勤般的工作內容。同樣也得和菜口一樣與船員們打好關係，許多船員都是在眷村長大的，孩子的年紀各個比我還大，要請得動他們就必須將身段放軟，甚至撒點小謊、演點戲才行。每次遇到我，總愛問我有沒有男朋友、唱歌一個月能賺多少錢，要不要吃他滷的牛肉。實在好吃。

張亦絢在《我討厭過的大人們》一書中提到：「越是真心誠意的話，往往越『不像話』。」正是如此。就算工作以來，時常被人們的直言不諱給氣個半死，我卻無法不被那太過真實的社會給吸引。

那份真實，是同事會在我沒錢吃飯時主動替我貼補餐費、揪團來看我表演、在辦演出時私下為我募資，且像畢業紀念冊那樣，每人都在集資信封袋畫上一筆祝福。主管無一不支持，臨時有表演就放寬班表讓我調假，或有外賓到訪時將我推向門面。年紀漸長後才明白，人與人之間哪有不沾的道理，正因人際間容易產生微妙的牽絆，工作不只是工作，也成為了生活的一部分，甚至當有人問起創作養分，職場中的友情也曾是我人生中重要的一環。

萬萬沒想到，我現在所從事的工作——全職樂團，正是一種與人糾纏到底的形式。說不定，我壓根是喜歡的吧？

在無人島創作

一塊石頭，在某一段時間裡，也許會化為泥土，由泥土而變成植物，變成動物，或者變成人。對於這塊石頭，以前，我定會這樣說：這塊石頭僅僅是一塊石頭而已，沒有價值，但有時石頭在變遷的輪迴中也能成為人成為神，所以也很重要有價值。而現在我愛它，僅僅因為它是一塊石頭。

——赫曼．赫塞《流浪者之歌》

與好友們在聚會上聊到「創作與自我的關係」，話題來自於好友唯任與女友小倪。小倪一直都有攝影與沖洗底片的興趣，唯任便抱怨起女友老是囤積底片在家裡，為何累積了作品卻無後續作為？他表示不解，都已經拍了，即使不正式發表，起碼也要上傳到社群平台吧！小倪在旁不發一語。

此時，我拋出自己這些年來在創作上得出的階段性結論：「一定要發表嗎？我的話，就算是在無人島上也會創作。」此話一出無疑引爆了一場論戰，另一位朋友S態度強勢開出第一槍：「不可能！人是社會性的動物，不可能在無人島還會創作。」腳下這間位於高雄新興區某餐酒館的八人餐桌，在酒精的催化下被一顆震撼彈炸成海峽兩岸，沒有人逃得過必須表態的命運。

下一秒，正在就讀心理諮商研究所的朋友回應：「心理學是有這種說法的耶，人需要透過跟自己對話來認識世界。」話語聲此起彼落，開始有人舉例古代壁畫究竟是畫給誰看、人書寫私密日記背後又是什麼心態……

在這片唇槍舌戰中，S因開頭用力過猛而顯得後繼無力，更許是因為中途話鋒一轉，眾人憑藉發話態度強勢而檢討起S目前陷入瓶頸的感情關係，我為無心引來的局面而有些不好意思，他也為這份未經同意就闢出的戰場感到抱歉。只是這場無人島戰爭，在店家打烊前就得草草休兵。這場聚會起初是因寶寶的性別派對而起，對三字頭的我們來說是無比珍貴的一夜，事後在群組中提起「無人島」三字，眾人都只視它為一則笑話，除了不停回味，還有話題得以延伸，比如有人提議：「不如下次火鍋趴的dress code主題就無人島吧。」我搞笑回應：「穿搭的話我是有人島派的，一定要有人看。」

至於為什麼是無人島呢？因為我想像過一萬遍繳械後的姿態。

我與樂團成員一直以來都在「自搞」，凡事親力親為、自負盈虧，有時還惹得身心俱疲、自我懷疑，不能讓自己因為思索太多與音樂無關的事而失去藝術家脾氣。一路以來，我們都認為若要前往更寬闊的航道，合作將是人類世界之必要，如同籃球隊之中那些「自幹王」，就算是每球必中的天選之人，也常為團隊招來內耗大於成就，不得已解散收場。

我常自問自答，憶起每一次想放棄時，那幾條把自己拉拔出來的路徑：「我最不能被剝奪的事情是什麼？」是我與創作的關係，只要還能創作、還能表達就可以活下去。我又自問：「就算世界上沒有一個人看見我的作品也沒關係嗎？」當然有關係，但並不影響我與創作。人類的初衷，不管是雄偉的壁畫或未曾公開的日記書寫，都是想透過表達來得到回音、了解世界，儘管這回音可能來自外界或內心。思考到此也就豁然開朗，只要我的肉身健在，許多事情便相對沒那麼重要了。

寫歌原始且感性，當歌詞搭配旋律與節奏，便能與某種頻率產生共鳴，比如狗會隨之嚎叫、人能齊唱舞動。寫歌時，我會將備忘錄中有感覺的文字擷取出來，基於一首歌的篇幅有限，必須在短時間內說完想說的，相反地，只要有一處不想明確提及，就將它們塞進在呼吸之間，或用樂器代替，甚至不說也罷。

寫書可不一樣，生吞活剝要你說清楚講明白，用文字一步一腳印拓出眼見為憑的道路。不論寫歌或寫字，兩者皆如同我愛的登山，登頂是所有人的追求，也曾是我的，伴隨一次次地醒悟，人類終將藉由肉身來感受自己的存在，進而見證世界的廣闊。

在登頂之前，關於「一則臉書貼文與一件作品究竟有何不同？」一題我也想了多年，無意對其他創作者不敬，這之中亦包含了年紀更小時獨有的藐視權，其核心來自於勾不著智慧與未來全貌的恐懼，就像初次登山一路哭喊咒罵的菜鳥。透過不停地討論與提問是我鑽往核心的方式，曾有位好友在剛編輯完一本厚厚的詩集時，試著回應我的問題：「我想差別在於數量吧。」

一首詩和四百首，乍看之下顯然不一樣，但四百首之於一首，相較之下看似展現了更多決心。那麼，時間也是數量的一種維度嗎？我認同人們常以「時間的藝術」形容創作，有人即時展演、有人十年磨一劍，若以時間分秒為單位，十年顯然勝過於一刻嗎？似乎也不適合如此粗暴地用「總創作／呈現時數」來區分。那麼換個問法，一部作品或貼文之所以動人，究竟是因為一份單純的動機還是打磨過程所積累的意念？

在作品的世界裡（僅限於作品本身），我更想捕捉的其實是一種純潔，純潔並非無害，一心一意的惡對我來說也是種純潔，否則歷史故事與影視作品不會皆有反派存在，純潔的惡有時會令旁觀者感到同情，甚至引發像是喜劇般的效果。純潔會令人忘卻時間，而數量是為了讓純潔經得起驗證的道場。

創作這座山一爬就回不去了，在每件作品的起初，我都會期待中途休息時煮碗泡麵的片刻，更重要的是，大部分時候的痛苦會讓人越來越明白自我保護的重要：怕高時就別往下看、上坡步伐太大會費力、下坡要輕巧才不至於傷膝蓋。爬到歷經「悲傷五階段*」實屬正常，有時認為我是天才，下一秒便又覺得自己是糞土，從憤怒沮喪到對宇宙萬物感恩有情、從凡人到聖母，沒一次超脫。隨著歷練，人對回音的品質要求自然越來越高，甚至可能在追求中忘了初衷。可怕又令人興奮的事情是，不管哪條路徑與心態，終究沒有人能代替另一個肉身走過。

*悲傷五階段是指伊莉莎白・庫伯勒-羅絲（Elisabeth Kübler-Ross）提出的悲傷歷程，包含否認、憤怒、討價還價、沮喪和接受。

里程碑的意義

無畏寒流即將來襲，一行人相約凌晨兩點在台北車站集合，驅車前往位於台中與宜蘭交接處的登山口。

為求謹慎，我提前到旅遊門診備足各式藥品，醫師花了點時間衛教並囑咐：「如果已經無法走直線，就吃這個高山腦水腫的藥，然後馬上下山。」各式各樣的「如果」讓我一半的心安穩、一半的心卻更慌。

近年來，台灣地震與颱風頻繁，導致山區地質鬆軟，崩塌與落石山難事件頻頻，許多山友的行程多以倒團收場。這回與友人們總算兜上時間，或說是得到山的恩准，我終於能造訪夢寐以求的南湖群峰。一直想親眼看看，曾經歷冰河時期的圈谷印記，或許還能一見台灣特有種長鬃山羊、水鹿、帝雉，與印製在新台幣兩千元上的南湖大山。

誰知久違的山行一開局就狀況頻頻，彷彿冥冥之中早有人鋪下線索。預計早晨六點啟登，天色微明，眾人的呼吸從愜意到凝聚，像是劇場開演前，觀眾席燈光以三明三暗提醒：演出即將開始。接駁車司機擔任引言，聲音劃破天際：「待會保證你不到五分鐘就爆汗。」一手指向主角們一揮，演出開始。

我試圖喚醒在低溫之中更加緊繃的腿部肌群，低著頭氣喘吁吁地行走於中海拔樹林，盤根錯節的樹根綁緊土坡，右腳要踩上樹根與塵土盤繞出的踩點，左腳要小心翼翼避開不牢固的碎石堆，有時還得手腳並用才能攀上比小腿還高的階，縱使寒流來襲，身體仍汗流浹背。埋頭於樹林約莫一個多小時後，在又來到一個轉折處時，腳步突然變得費力，並且伴隨些微橡膠聲，是鞋底與鞋體分離了。

每次提及自己將要上山，都會發生像這類對話，比如：「你有在爬山喔？」新進工作夥伴見日曆上的請假行程，好奇問起。「對啊，唯一的興趣。」我苦笑回答。

夥伴再問：「你說的是要揹很重、過夜的那種？」像這樣的問題我答過許多次，甚至知道接下來的對話情境，會迎來一陣充滿敬佩的誇讚，但我總是心虛，因為爬山時的自己大多時候感覺那姿態並非君臨天下，實則更像一條卑微的落水狗。許多山友會以另一種浪漫的說法來形容：那是山教會我們要謙卑。確實，與大自然、與未知競爭，由不得人狂傲。

我不敢狂傲，便開始迷信，暗想：「是要我別再往上了嗎？」一邊端詳脫膠情況，想到啟程前，神明特意要母親轉達的訊息：「這個月份要小心騎車、寄兩張符咒用火燒了淨一淨、遠行能不去就不去。」心神不寧低著頭瞧鞋底，後方貼心壓隊的山友一聲將我拉回現實：「我有肌力貼，看能不能先頂著，接下來先到山屋再說。」困難當前更應理性評估風險，我判斷著接下來的路況也是上坡居多，若沒有橡膠鞋底還不算有大礙，此刻若貿然下山反而有摸黑的危險。

「哇不錯耶！可以！」邊纏繞著山友的肌力貼，邊拉高音調作勢要大家不用擔心。隨後行走了約莫五公里，終於到了第一天的過夜處——新雲稜山屋。

只是困難還沒結束，前一日凌晨就出發的山路導致暈車及睡眠不足，在休息片刻後，身體開始有輕微高山症狀出現，食慾不振、輕微作嘔、昏昏欲睡。實在不願再度驚擾山友，但在這般環境中，我知道就算生性再怎麼能忍，都還是要老實把狀況說出來。不好意思地與眾人討論過後，決定先渡過今晚，明早起床後再視情況決定隊伍去向。幸好晚餐過後，症狀逐漸好轉。

晚上七點就寢，雙腳在睡袋裡遲遲無法暖和，半睡半醒間湧上千頭萬緒：「為什麼我會在這裡？」一般來說，若有輕微高山反應，通常在待上一晚後身體便能漸漸適應高度，若鞋子真不能走，改變行程也是個方法，一切都還在可控制的範圍內。不過，恐懼早抓緊時機沿著裂縫乘虛而入，此時我腦中的畫面盡是最壞的結果，心中浮現山下所掛念著的面孔。那一晚，我更確信每次上山前留在電腦桌面的信件內容，是人生中寥寥無幾卻真正重要的幾件事。僅僅兩頁Ａ４，內容包含證件位置、帳號密碼，一旦最糟情況發生，相關事宜應交由誰負責，最後交代幾句話。此舉並非為了浪漫矯情，反倒是務實地希望意外發生時盡量不拖累茫然的親友，或因此產生糾紛與責怪。

剩下未提及的，我將問題輕量化，只帶上與我有關的去遠行。不曉得其他山友在這趟旅程中，腦袋都思索些什麼？是否讓山腳下的問題隨著通訊離線，或一起打包上山咀嚼了呢？

大眾路線中的山路，每一百公尺就會有一木樁，寫明公里數，好讓人辨認自己距離目的地還有多遠。因團體行動需要前後照看、互相等待，有時大夥會在里程碑旁卸下裝備午餐，有時只是稍做停留、等待後頭的人跟上。當遇上木樁，我習慣藉由它來數一數自己走了多少、還有多遠。直到登頂那天，一行人準備離開主峰回到地勢較低的岔路口時，我因為腳程慢，經常一抬頭看見的就是隊友在前方圍繞著木樁迎接，但此刻突然換個角度從高處俯瞰這一幕，見山友們有說有笑，我也彷彿從苦難中解脫，原來里程碑的意義在於整裝與休息。

下山那天，我的黑色登山鞋鞋底終於整片脫離，如同被我帶上山的問題遲早要下嶁，為了山林永續，儘管想通也得自己帶下山丟棄。它還是隊友共同創作的藝術品，從第一天在山屋借來大力膠布，重複黏貼直到黏性被土石覆蓋耗盡，最後顧不得美觀，任隊友用僅剩的螢光色肌力貼與繃帶纏繞，堪稱神來一筆。這更是場生命的鬧劇，路過的山友皆是觀眾，反應直接，最終以高山協作員調侃收尾：「哇，你鞋子大改喔！」引起觀眾哄堂大笑，燈亮。

只是路程中再怎麼共享心情，每個人的結論依然是自己的。下山後我常想，通過自然給我們的考驗，這份歡欣的孤獨太過巨大，回到社會崗位上的隊友們該如何消化？可曾有人見過，人在極限之中仍選擇良善的模樣有多美？

山上的日子每天都不一樣，今天晴朗，明天可能隨即降雨；上午雲霧繚繞，下午可能起風散去。我們終將不停探問「還有多遠」直到抵達彼岸。里程碑的意義，是千萬別拿來數。出發便是成功，遇見木椿記得允許自己放下執念、稍作休息。

愛有超能力

女生朋友上傳一則限動，是新來的室友在跳韓國女團的舞蹈，文字說明：新室友竟也是女團粉絲。我在限動上按了愛心。

「你覺得他是gay還是異男？」女性朋友回傳問。

「異男。」我重複看了影片三次後判定。

「可惡，他是gay。我是不是在斷自己桃花？」友人回。

「不過現在男生還有分嗎？直男都是深櫃。」我們同時傳出訊息，我優先以玩笑開啟新話題，並對上一句話按下哭笑不得的emoji。

至今仍覺得「同性戀」這個字眼難以啟齒，我還是比較傾向單純地說一個人喜歡女生或男生，甚至覺得提及生理性別也並非必要之事，以下就先以女同志或男同志來稱呼吧。

初次碰見女同志是國中，這實在是個神奇的階段，少男少女們會開始在乎自己是否獨一無二，透過笨拙地展現「我也有邪惡的一面喔」來建立一個個人格面具。當時，雖知道這世界上有著喜歡與自己相同性別的人，但是當第一次聽見短髮剪得極短的女同學在走廊上大聲說出：「我喜歡女生又怎麼樣！」（而且不只一個）我便愣在教室門口心臟狂跳，就好像看見有人在走廊上全裸一樣，內心迸出許多疑問：「你是怎麼確定的？」「那我也有可能喜歡女生嗎？」

當時校園流行穿高筒CONVERSE球鞋，將高筒反折、鞋舌外露，用鞋帶繞腳踝一圈後綁起。我也搞來了一雙，搭配學校的運動短褲，看起來叛逆、和中性的女同學同樣帥氣。不只穿高筒帆布鞋，還去連鎖髮型店，向髮型師要求剪出能用髮蠟抓起的髮型，層次極高的短髮後來成了身分證上被朋友取笑的證件照，唯獨我媽一直說清秀好看。

到了高中，相較於男孩，女同志在校園中更顯得引領風潮，我們校園裡甚至有幾位風雲人物以「四帥」自稱，言下之意就是有四位帥氣的女生，像流星花園中的Ｆ４那樣。我們班上也有不少女女班對，她們早在高中三年裡不知跑過幾輪愛恨情仇，都還遲遲未見男男的版本，彷彿男性間的親密表現被異性戀規則壓抑得更深，女性間的親密則顯得較能「容忍」，且是出於輕忽，預設女性遲早會「回歸」異性戀社會。

我與一群要好的朋友，一算下來異性戀反而是少數。其中幾個男孩們，上了大學後便突然改頭換面，在新的校園生活中找到了伸展台，有衣服變得華麗的、有本來聲稱自己恐同的。而我身旁的「女朋友」們，一位自小在虎媽的掌控下長大，穿什麼鞋子、剪什麼髮型都受到控管，另一位則是曾交往過的女孩幾乎最後都和男生結婚去了。每個人的蛻變經驗皆與我大不相同，卻又一起被困在父權的陳腔濫調裡，男性得陽剛多金，女性要溫柔伶俐。

出社會後，彼此在飯局中常聊起的話題之一：好友買的第一台轎車竟被偷，那陣子她發瘋似地找，最後連算命師都被纏上。事後她說，失去一台車就算了，那背後牽起的情緒是「好不容易得來的尊嚴」再度落空。終於能做到經濟獨立，好脫離父母掌控，並辛苦累積在社會上象徵成功的物質來組建後援部隊，一切都是為了確保不至於在惡意來臨時感到自己一無是處。心血白費，一時間難堪得無法承受。

之二：討論身為男孩子氣的生理女性，困擾何其多。比如最近在外上廁所時曾被打掃阿姨趕到男廁，不理會後，阿姨便把樓管叫來廁所勸導，或經常被店家大聲地稱呼美女引來側目。不過，像這樣的事情因為無解，往往也只能當成笑話說過去。

之三：我開玩笑地說自己很有當女同的潛力，朋友幾次板起臉說：「我覺得你有。」

同婚通過時，好一陣子以為兩千三百萬人共同進入了下個維度，從此再也沒有人會因「彼此說好了」的愛而受傷。慶幸有這些法案推動者們鼓起勇氣走在前頭，臉書牆上大家紛紛換了彩虹頭貼，想結婚的人便趁熱去登記。有了法律的認證，不結婚的人，至少也不用再讓人過分期待，不必非得獲得父母的認可。只是說來有些掃興，同婚通過六年，直至今日網路上關於性別的話題仍舊三天兩頭戰，戰咖啡、戰女權自助餐、戰建中校友宴菜單……每每說起這些，體感上又像是在講遠古時候的冷笑話，搞得人精神錯亂。我身邊同性伴侶的日常則沒什麼變化，依然要每個週末撒謊在外過夜、被長輩威脅若要搞些五四三就斷絕關係。

世界的真實，是所有人都在那分針與秒針上，在規律中相互交錯移動，靠著一次次繞圈，來撼動軸心位移。即使眼前被戀愛閃光彈打得一片白，也不代表地獄不存在。

曾為朋友的婚禮致詞，其中，提到我想過和這位曾是室友的新娘組成家庭，並非指我對新娘感到心動，是想表達家庭的本質不在於性別而是互助。在我有限的體會裡，人的一生可能對各式各樣的人動心，站進屬性相近的群體便能給人帶來安全感與支持，但最重要的似乎從來都不只是去「確定」自己屬於哪一種人，而是有沒有真實愛過的體會。

我們會為了愛，去放棄部分的自我，甚至是屬性，為了求愛撞號也沒關係。愛使人渾然忘我，可能會讓你流連於曾經痛恨的事物，或投入本來不可能接觸的活動。愛也讓人置身於危險之中，穿著套裝在街上嚎哭、無意間說出最討厭別人對你說的話，然後懊悔、封鎖、已讀不回。

「我也有可能喜歡女生嗎？」國中時留在心中的疑問，彷彿答案即是問題本身，畢竟愛可是有超能力。

我棒不棒？

樂團不時會收到公益或非營利組織來信邀約演出，我常藉此思考所謂影響力究竟是怎麼一回事。一次的登台表演，能為社會帶來何種影響呢？翻閱詩人里爾克在《給青年詩人的信》，他對於年輕詩人寄來的信件內容，曾給予這樣的回饋：

勝利並不是你認為的已經完成的「偉大」，縱使你覺得正確；「偉大」是你能以一些真的、實在的事物代替欺騙；否則你的勝利也不過是一種道德上的反應，沒有廣大的意義，但是它卻成為你生活的一個段落。

當時雖一知半解，但我確實感受過道德上的勝利。

樂團創立初期，最廣為人知的是一首以紅毛港遷村案為主題的台語歌〈怪手〉，二十二歲初試啼聲，當時台灣的時空背景，正距離太陽花學運發生後不久。在我身為學生的那幾年，全台各地的抗爭事件頻頻，苗栗大埔事件、國道收費員抗爭、反高中課綱微調……如今那些場面都像是未曾存在過的遠古神話。若在餐桌上提起，還會遭來年輕朋友不好意思地問：「那是什麼？」

我在早些時期寫了不少議題歌曲，多與自然、環境保護有關，也接演不少無酬的倡議演出。自認為站在正義的一方，減塑、不吹冷氣、參與講座與結交有識之士、貼文一篇接一篇轉發，更不用說凡選舉期間就與人論戰得慷慨激昂，當時認為所有的正義與不公都需要即時回應。後來，書寫狀態隨時空變化，從一開始對世界的不公表達不滿，轉變至「世界的問題得從人的內心找解答」，進而寫出《不完整的村莊》這張專輯。

成長至今，花了許多硬碰硬的力氣才明白，人類世界的遊戲規則在我們出生時已然存在，若要在這場遊戲中生存下來，有時得先用別人的語言說話，甚至喬裝混進不那麼認同的陣營裡。這些話，若在十年前有人這樣對我說，肯定會感到生氣，最不喜歡聽見大人說「這個世界就是這樣」，連上數學和鋼琴課也老是在問：「為什麼一加一就等於二？」「五級和弦被定義成不穩定的聲音是誰說的？」也難怪從小我數學一向不好，不理解遊戲規則，就沒有辦法玩得盡興。

與我同世代的樂團，近幾年已有不少人都培養出讓音樂成為全職工作的能力，這許是上一代人想像不到的成果，如同網路剛興起時，人類都還摸不著該如何以它來營運，同輩間的職業樂團之路也是這樣摸黑航行。得先圓了第一階段的夢：辭掉打工、音樂全職、發首張作品，才有餘裕撐出空間安放下一階段的理想。

年輕作家許瞳所出版的《明天還能見到你嗎》，書中自序曾提及母親對她說的話：「第一本書表示你能寫，第二本書證明你願意寫，第三本書以後則要回答你想寫什麼。」我想這句不只能用在作品上，人生與組織皆受用。漫漫長路該將初心擺在何處，意義若無可避免地隨挑戰而滾動，又如何不迷失在其中、誤將手段當成目的？

跑跑停停，前方戰死沙場的人倒下，從後方超前的人漸多。一路上的變化來不及好好說個明白，卻感覺活成了小時候鄙視的大人，玩不起的結果是自體爆炸，就算得來讚美與掌聲仍覺得自己不夠，FOMO（Fear Of Missing Out）與冒牌者症候群併發，還傷及無辜，於是我在二〇二三年寫下〈我變了〉，以「愛讓人變得懦弱」作為信號彈發射求救訊號。

爆炸後一片死寂，靜候萬物復甦的契機。

書寫的此刻年節將近，剛結束年度會議，還來不及思考同事方才提議想深耕公益的事，就先提著行李趕回高雄，得在年前最後一個上班日，到公家機關處理些生活瑣事。路上買了杯飲料卻沒有自備提袋，至少要大聲地喊「不用吸管」來擊退罪惡感。隔日的待辦事項，則是到銀行領鈔、分裝紅包，再快馬加鞭趕完這個月的寫書進度，誰知廁所馬桶還在此時堵塞，雙手在馬桶與鍵盤之間動作，又臭又香，最後出門去送從日本買回的伴手禮，一天就這樣過去。

關於回答第三部作品想寫什麼、如何深耕公益……在這些實踐者的內疚中，創作者們想知道的會不會其實是：我棒不棒？

再度想起里爾克曾劈頭就嚴厲地說：

你在信裡問你的詩好不好。你問我，你從前也問過別人。你把它們寄給雜誌，你把你的詩跟別人的比較；若是某些編輯部退回了你的試作，你就感到不安。那麼（因為你允許我向你勸告），我請你，把這一切放棄吧！你向外看，是你現在最不應該做的事。沒有人能給你出主意，沒有人能夠幫助你。

憶起自己在還未玩樂團時，第一個自發關注的議題。那天是十月十日，臉書跳出江國慶冥誕的冤獄報導，報導中提及了最新救援對象鄭性澤，不知怎地對他感到好奇，於是看遍了與阿澤有關的聲援新聞和影片。還嘗試以冤獄為主題寫了首歌，熱血地從臉書上聯繫相關人士，向他表達自己為此寫歌，或許有天可以幫上忙。那則聯繫並沒有後續，但很慶幸鄭性澤案在二〇一六年展開再審，並取回自由之身。隔月，在生祥樂隊的《圍庄—突圍》演唱會中，碰見了剛被釋放的鄭性澤，我鼓起勇氣向前攀談，握著他的手激動不已，並在吵雜聲中和他說：「我有幫你寫一首歌。」他只是靦腆地笑了笑。

那畫面我至今無法忘懷，阿澤像個孩子在會場中走來走去，好多人都要和他說話，文化界與地方重要人士都出席，除了為台上的生祥樂隊祝賀，也為台下的明星阿澤開心。當我握著剛被釋放的鄭性澤的手，那一刻，真切地感受到生命的重量，感覺渺小卻無比滿足且平靜。

前人以文字串連時空，讓人想起自己曾經熱血、相信唱歌能改變世界，此刻不一定急於回應，而是試圖將信念化作更微小的模樣，去實踐「偉大之前先保持真實」。隔日，我向朋友說了聲生日快樂。還讀了廖玉蕙老師寫給兒子的文章，在年節前深刻反省對家人要再更寬容些，點開Podcast聽人分析罷免政治攻略，一邊完成工作，試著再棒一點。

台灣探險隊

二〇二四年六月，台灣知名登山家張元植在攀爬法國白朗峰時，不慎失足墜崖。

近日我帶著同事們，到陽明山觀賞台灣登山家呂忠翰（阿果）與攝影師敏佳一同籌辦的攝影展。入口處擺放著一幅照片，是阿果與多年夥伴元植的合照，背景的山被縫上一條紅色軸線，代表他們曾探勘的路線。敏佳在導覽中介紹展覽的起心動念，起源自元植的事故，接著為眾人介紹阿果與元植所倡導的登山精神，頻頻提及聖母峰在商業化後的難易度，是只要有錢就能登上的程度。敏佳還花了些篇幅，試著以較容易理解的舉例來說明兩位登山家的理念。

「如果我們把高雄當成目的地，從台北搭高鐵就能到。但如果是騎單車呢？難度就會高一點。再換成走路呢？甚至走路而且完全不用電子產品呢？這兩位登山家就是像這樣不停地限縮自己的範圍。」最後提及阿果正在進行「無氧攀登世界十四座八千公尺以上高峰」的計畫，因此這是一場悼念元植以及阿果的另類生前告別式。「既然人都會死，那我們還能做些什麼？或許就是把故事分享出去。」敏佳說。

詹偉雄曾說：「冒險，因為要以生命為代價，所以你時時刻刻會對你的探險進行思索，你要了解自己的身體、了解自己的技能、了解你面對的自然。」探險家並非存心找死或置生死於度外，而正是因為想活，所以去了解風險、評估風險，勇於選擇與承擔。就算登頂，那也只是走了一半的路，因為我們還要安全下山。

在元植逝世半年後，公視行腳節目《群山之島與不去會死的他們》將元植曾談論生死的內容，與相關鏡頭剪輯為一集番外篇。播出前幾天我正巧剛下山，帶著還未完全歸位的靈魂與肌肉痠痛，邊觀影邊流淚，這集節目讓我開始深入了解這兩位登山家，受他們的生命哲學震動，也促使我想進一步探究他們的故事與理念。我爬梳台灣兩位知名登山家的來歷與思想，阿果在彰化出生，從小與農地親近，性格野生、身體素質極好；元植則出生於淡水，個性謹慎有文采，是個裝備控。兩人是國中時期的學長學弟，因登山為學校必修課——全校學生每年必須爬一座百岳——兩人在高中時期就已具備不少登山經驗，一路上為台灣創下許多紀錄：

- 2019年7月17日，呂忠翰和張元植為台灣史上第一隊嘗試無氧攀登世界第二高峰K2峰（喬戈里峰）的隊伍，但由於接近峰頂的雪況不佳，最後攀登至海拔8200m，未登頂。
- 2021年4月16日，台灣第一位無氧成功登頂全球第十高峰安納布爾納峰（Annapurna，8091m）。

- 2022年5月5日，台灣第一位無氧成功登頂全球第三高峰干城章嘉峰（Kangchenjunga, 8586m）。
- 2023年3月21日到5月27日，與張元植攀登全球第七高峰道拉吉里峰（Dhaulagiri, 8167m），探索新路徑，未登頂。
- 2023年7月27日，無氧成功登頂全球第二高峰K2峰（Chhogori, 8611m）。
- 2024年5月12日，第四次攀登全球第七高峰道拉吉里峰（Dhaulagiri, 8167m），因天氣不佳，未登頂。

登山對他們而言，不僅僅是挑戰極限與突破紀錄。以事蹟作為勳章是資本主義社會評量成就的慣性，但我在兩位同時身為台灣探險教育推廣者的思想中，學習到有別於戰績的意義，更藉此找到一份適合自處的態度來看待生命與腳下的路，立足了本書書寫以來一直想圍繞的核心信念。

雖然登山是相當個人的經驗，但如同人們常受職人、運動家、宗教家所激勵的理由一樣，人們藉由他者在「受苦與超越」的追求中找到共鳴，「如何好好地活下去？」何嘗不是芸芸眾生欲解的難題。所謂人文價值，正是奠基於生命中沒有任何一步路能由他人代為前行，人才能在想得而不可得的挫敗中，散發著忽明忽滅的光。

這些探索不只是對於山峰，也是對於內在自我的追尋。過去幾年，我的心思過分專注於如何登上志業的頂峰，時常無意識地表露皺眉神情，身邊的親友無一不想方設法替我探問：「是不是因為你想紅呢？」「還是想要得獎？」「想賺足夠的錢？」「如果都不是，那究竟要怎麼樣才會快樂？」「但要快喔在這產業你已經算老了。」「想要達成目標就得要先想像得到成功的景象喔。」

或許我想要一棟房子、每年都帶家人出國旅遊、經常請朋友吃飯，也想要引起越多觀眾的共鳴，這樣夠充分嗎？腳步急促起來，彷彿不走快些、計畫不夠周全就將要被淘汰，「不夠」的想法充斥於腦袋。對於成就與成功的想像，那些時日中的我與登山家的精神似乎成了兩個極端，我渴求確定的結果，而有另一群人選擇擁抱未知。

發現自己迷路時，不隨意下切溪谷、不任意摸黑夜攀，待在原地求救是最安全的方法。我就這麼待著，也終於等到了曙光。搜救隊化身為一部阿果的演講影片，他說：「競爭讓人存在。」但人可以選擇自己要競爭的對象，我們在演化中不停與大自然競爭，試著解決大自然給予人類的難關並從中找到平衡——比如制衡病毒以推動醫療進步——但人類卻經常選擇陷入與人的競爭中，比誰強、比誰高、比誰游得遠。因此他不解，許多人喜歡在社群媒體上秀出登頂照，或像集郵般撿拾鹿角回家炫耀，這些行為究竟意義在哪裡？

「如果我們把它（鹿角）留在原地，然後讓下一個人看到，那個人是否會感到驚豔？會不會覺得它很美？我們把它帶回家，會不會就只是想要證明自己很厲害？如何把美感分享給眾人，我覺得這是最重要的。」阿果眼睛發光地說。

找到動機，我開始思考接下來的人生該如何貫徹這樣的美感，沒有佔有、沒有比較，只是不停地體驗與探索，分享所見所聞、所思所想，若有點微薄的影響力，或許也能給人一些勇氣和意志，讓人願意將自己的生命視為藝術品那般地活，縱使沒有人歌頌。

因此，我想在本書最後，以此篇文章獻給我所愛的土地——台灣。當我們身體朝內，有兩百多座超過三千公尺的高山等著被探索；朝外，有無邊無際的海洋與世界等著共振出聲。這座島上的人，會恐懼、會言不由衷、會爭吵、會遺忘，但我始終相信，當我們開始書寫、歌唱與分享，就有機會抵達同一片超越生存的境地，和待解的以上與未滿一起堅毅地走下去。

將有人寫成歌
最完美的事情
有你栩栩如生
一笑你就是永恆
一轉眼的事情
時間因你而生

——Easy Shen〈山海經〉

安可 Encore

在這本書下筆前，我曾跑到高雄大遠百的誠品書櫃前，考察近來華語散文的近況。那是離家最近的隱匿處之一，只要感覺鬱悶時到那裡晃一圈，負能量往往煙消雲散。站在書櫃前拿起幾本書，不到三分鐘便感到喉頭一股酸楚，我趕緊在身體水份的海平面即將上升到眼睛前，逃出那座城。那份辛酸，或許是今天開車南下太累了，是我一直忍耐著寫字的渴望，是我不敢相信自己真的能這麼自由。

稿子完成那天，又跑到了同一個書櫃前：「嗯，認識的人變多了。嗯，我長出自己的品味了。」望著人們所書寫的，不外乎圍繞在家族、性別、異鄉、各類疼痛與叩問，我思索著自己在這些書堆中，究竟是什麼樣的存在？

想起國一時的作文課，國文老師是個年輕的文藝女子，說話輕聲細語，舉手投足都彷彿是劇中走出來的仙女，說她下了課就會化為一團雲霧回到天庭也不為過。印象深刻的一課，是她曾說：「要注意不要寫那麼多的『我』。」一開始對她感到好奇，搜尋後發現了老師有無名小站，便一直偷偷看著她筆下的教學現場、偶爾寫寫感情生活。形成了我對文學的初步印象，文學要注意「我」、文學是抒情的。

還有一次，國三時碰到另一位有孕在身的國文老師，要我們以「孝順」為主題寫作。我生性叛逆，遇到這類與規訓有關的題目就想大鬧一場，便自信滿滿地化身為電影《臥虎藏龍》中的玉嬌龍，大刀闊斧在作文裡論述「孝順」是如何過時的想法、人可以孝但不用順云云。結果換來滿滿紅字，紅字內容並非分數或錯字，而是老師並不認同我的想法，留下了她的評論。這是我對文學的第二印象，文學有論述、文學有責任。

站在誠品書櫃之間，發現自己又在想著「我」了，仰頭掃視書本，一邊進行腦內對話：「可每個人都在說自己呀。」

回想大學打工時，曾撞見仙女老師推著嬰兒車在誠品閒晃，感覺她比回憶中更落地了一些。站在書櫃前，心裡生出一股釋然與豁達，人生的醍醐味或許並不在於糾結自己究竟是誰，而是現在就想找到那些無辜被我扯進來的人們——說聲「謝謝你曾見我存在、謝謝你也在我的故事裡」。

書會過去、日子會過去，願你我一切如常，回頭再相見。

真快樂
瑞犬旺來

彩蛋

淺堤團員眼中的依玲

時間過得很快，我成為淺堤的一員已經進入第六年。回到將近十年前，我從這個團一開始組成的時候就已經是歌迷，也還記得〈怪手〉剛入圍金音獎時的畫面：人在入圍典禮的我看到好消息，馬上打電話給依玲，當下覺得實在是太讚了吧，這塊珍寶竟然被評審找到了。

一起玩團後，對於依玲的觀察變得更立體，她很努力、很細膩、很倔強。而且我還滿喜歡搭依玲開的車，很穩，如同她的內在力量——整理好拿出來時，令人安心且強大。

如果喜歡淺堤音樂的朋友，我相信對於這本新書絕對會愛不釋手。就像那些感動到台下樂迷們的歌詞，其實早就先感動了我，願意為這些美好的事物繼續努力下去。

——淺堤鼓手堂軒

逞強、不服輸、嘴上總愛喊累，最常說不想玩了，但我知道講到玩團，依玲其實比誰都要投入。總是能看見人的難處而心軟，卻不容易憐憫自己。

在團體中話不多，也不容易讀出她的情緒。總是在話題快死掉或大家圍成一圈準備互相道別時，硬講無聊的猜謎式笑話，雖然困擾但至少代表她現在心情不錯。

明明和她過著差不多的生活，但我始終不明白她怎麼有辦法過一陣子就交出一首好歌，若無其事地要我們聽聽看。過去的時間和人們，那些灰暗或輝煌，甚至是百無聊賴的日子，一切都在她的筆下立體了起來。

平時站在我右手邊唱歌的主唱這次又毫無意外交出了一本好書，裡面有我有參與的、沒參與的事件。原本以為我已經忘卻的人和感受，在這本書裡又活了起來，連續看了好幾篇淚流滿面，語塞到說不出話。原本是她歌迷的我更成了她的書迷，希望下一本書別間隔太久，沒故事啃想必很難受。

——淺堤吉他手紅茶

思考許久該怎麼開場，後來決定直接切入——我一直以來都視蔡依玲為我的勁敵：一位很會寫歌的朋友。

我將所有自己欣賞的、才華我所不能及的人都視作勁敵，無論我們是否相識、是否要好都一樣（因此時至今日我已樹敵無數），保持這樣的心態讓我擁有更大的創作動力，即使我們互為團員，但這個特別的信念卻持續存在著，可以說是王道熱血漫畫裡的競爭意識與羈絆，而這個冒險的過程經歷了許多彼此的脆弱與堅強、成功與失敗，所以特別好玩。

「羨煞他人／才華洋溢／卻只把時間／留給自嘆／羨煞他人／深厚情感／卻只把空間留給自己。」留給自己，所以「在燈暗的時候唱歌給自己聽」。

——淺堤貝斯手方博

在燈暗的時候唱歌給自己聽

作　　者　蔡依玲 YiLing Tsai
責任編輯　李雅蓁 Maki Lee
責任行銷　鄧雅云 Elsa Deng
封面裝幀　Bianco Tsai
版面構成　譚思敏 Emma Tan
校　　對　葉怡慧 Carol Yeh

發 行 人　林隆奮 Frank Lin
社　　長　蘇國林 Green Su

總 編 輯　葉怡慧 Carol Yeh
主　　編　鄭世佳 Josephine Cheng
行銷經理　朱韻淑 Vina Ju
業務處長　吳宗庭 Tim Wu
業務主任　鍾依娟 Irina Chung
　　　　　林裴瑤 Sandy Lin
業務秘書　陳曉琪 Angel Chen
　　　　　莊皓雯 Gia Chuang

發行公司　悅知文化 精誠資訊股份有限公司
地　　址　105台北市松山區復興北路99號12樓
專　　線　(02) 2719-8811
傳　　真　(02) 2719-7980
網　　址　http://www.delightpress.com.tw
客服信箱　cs@delightpress.com.tw
ＩＳＢＮ　978-626-7721-24-7
建議售價　新台幣４２０元
一版一刷　２０２５年8月

著作權聲明

本書之封面、內文、編排等著作權或其他智慧財產權均歸精誠資訊股份有限公司所有或授權精誠資訊股份有限公司為合法之權利使用人，未經書面授權同意，不得以任何形式轉載、複製、引用於任何平面或電子網路。

商標聲明

書中所引用之商標及產品名稱分屬於其原合法註冊公司所有，使用者未取得書面許可，不得以任何形式予以變更、重製、出版、轉載、散佈或傳播，違者依法追究責任。

國家圖書館出版品預行編目資料

在燈暗的時候唱歌給自己聽／蔡依玲著.
-- 一版. -- 臺北市：悅知文化精誠資訊股份有限公司, 2025.08
256面；14.8×21公分
ISBN 978-626-7721-24-7（平裝）
863.55　　114008479

建議分類｜華文創作、散文

版權所有　翻印必究

本書若有缺頁、破損或裝訂錯誤，
請寄回更換

Printed in Taiwan